江河湖海，

船行至远。

张建设的船，

知向谁边？

五湖四海

王安忆 著

人民文学出版社

图书在版编目（CIP）数据

五湖四海/王安忆著. —北京:人民文学出版社,2022
ISBN 978-7-02-017324-2

Ⅰ.①五… Ⅱ.①王… Ⅲ.①长篇小说—中国—当代 Ⅳ.①I247.5

中国版本图书馆 CIP 数据核字（2022）第 123410 号

策划编辑　杨　柳
责任编辑　刘　稚
装帧设计　刘　静
责任校对　杨益民
责任印制　宋佳月

出版发行　人民文学出版社
社　　址　北京市朝内大街 166 号
邮政编码　100705

印　　刷　北京盛通印刷股份有限公司
经　　销　全国新华书店等

字　　数　100 千字
开　　本　850 毫米×1168 毫米　1/32
印　　张　6.75　插页 1
印　　数　1—50000
版　　次　2022 年 8 月北京第 1 版
印　　次　2022 年 8 月第 1 次印刷

书　　号　978-7-02-017324-2
定　　价　49.00 元

如有印装质量问题,请与本社图书销售中心调换。电话:010-65233595

她不知道日子怎么会过成这样!

一

　　他们原本水上人家，当地人叫作"猫子"。这个"猫"可能从"泖"的字音来，溯源看，是个古雅的字，但乡俗中，却带有贬义。安居乐业的农耕族眼里，漂泊无定所的生活，无疑是凄楚的。

　　"猫子"自己，并不一味地觉得苦，因为有另一番乐趣。稍纵即逝的风景，变幻的事物，停泊点的邂逅 —— 经过白昼静谧的行旅，向晚时分驶进大码头，市灯绽开，从四面八方围拢，仿佛大光明。船帮碰撞，激荡起水花，先来的让后到的，错开与并行。"猫子"们都是有缘人，相逢何必曾相识。夜幕降临，水面黑下来，渔火却亮起了。

修国妹出生的上世纪五十年代末，他们这些船户已就地编入生产社队，虽然还是水上生计，但统筹为渔业和运输。活动范围收缩了，不如先前的自由，好处是稳定。

小孩子就在岸上的农村小学读书，大人走船时候，歇在学校。就这样，修国妹读完高小，又在公社的中学读到初三毕业。这个年纪，又是女孩子，算得上高学历，父母也对得起她了，于是回船上劳动。

这年她十六岁，读过书，出得力气，相当一个整劳力 —— 其时，船务按田间作业计工计酬，人依然住船上，背底下还叫作"猫子"。

没过几年，分产承包制落地实施，他们分得船和船具，原来就是他们的，归了公再还回来。东西的价值算不上什么，重要的是政策。她家从事运输，集体制的运营，在计划经济内进行，接货送货固定的几个点。但是沿途几十里，水道分合，河汉连接，无数村庄人户，哪条船没有点私底下的捎带。鸡雏鸭雏，麦种稻种，自酿的米酒，看亲做亲的婆姨。三角五角的脚费，总归是个活钱。

所以，"猫子"的家庭其实是藏富的。要是下到舱里，就能看见躺柜上一沓沓绸被褥，雪白的帐子挽在黄铜帐钩上，城市人的花窗帘，铁皮热水瓶，座钟，地板墙壁舱顶全漆成油红，回纱擦得锃亮，好比新人的洞房。

倘若遇上饭点，生火起炊，摆上来的桌面够你看花眼：腊肉炒蒿子菜、咸鱼蒸老豆腐、韭黄煎鸡蛋、炸虾皮卷烙馍，堆尖的一盆，绿豆汤盛在木桶里，配的是臭豆子、腌蒜薹、酱干、咸瓜……

这是看得见的，还有看不见的，就是银行折子。数字有大有小，但体现了"猫子"的眼界，在人民币差不多只是簿记性质的日子里，他们已经涉入金融，似乎为改革开放自由经济来临，提前做好了准备。

张建设遇到修国妹时候，她虚龄二十，在乡里就是大龄女了。"猫子"的身份不能说有，也不能说完全没有，影响恰当恰时的说亲。

中学里，有男同学喜欢她，约她到县城看电影。并不是一对一，而是齐打伙，几个男生几个女生，心里知道只是他和她。

回学校的路上，天已经黑了，意兴不像去时的振作，便散漫开来，变成络绎的一条线。那两个落在最后，不说话，只是有节奏地迈步，身体轻盈，飞起来的感觉。事情却没有后续。少年人的感情本来就是朦胧的，同时呢，乡镇上人又早熟，一旦涉入恋爱便与婚姻有关，所以就不排除现实的原因，大概还是"猫子"的偏见作祟。

有一次，行船到洪泽湖一个小河湾。这时候，乡镇企业遍地开花，四处都是小工厂的大烟囱。运输业随之兴隆，建材、原料、产品、半成品，货装到不能再装，吃水深到不能再深。远远望去，走的不是船，而是活动的小山。这是白天，晚上呢，河道上满是夜航船，呜呜的汽笛通宵达旦。那是去湖南岸糟鱼罐头厂送酒糟，当地特产大曲，据学校的老师说，《清史稿》就有记载。

托水的福利，多条河流交集本县境内，有名目的淮、浍、沱、涡、濉，无籍录的溪涧沟渠就数不清了。家家有酿酒的私方，计划经济时代，兼并合营成全民所有，到市场化的年月，一夜之间，大小糟坊无数。宅院、巷道、街路、河滩，铺的都是酒糟，县城上空，云集着醋糟的气味。

修国妹家的船到了南岸，卸货掉头，回程途中，经过叫管镇的地方，从乡办棉纺厂接单。精梳下来的落棉打成帆布包，装够一船，已是下午两三点钟。沿岸找僻静处停靠做饭，岸上几行旱柳，棵棵都是合抱，出枝很旺，连成厚密的屏障，却传来鸡鸣狗吠，就晓得有村庄。

叫爹妈在舱里午眠，修国妹独自在甲板点炉子坐水。这边淘米切菜，那边锅就开了，下进米去，不一时，饭香就起来。仰脸望天，日光金针雨似的洒落，沙啦啦响，其实是风吹树叶。

忽看见树底站一条细细的身影，像她在芜湖读师范的弟弟，不禁笑了笑。铁钩划拉出炉渣子，掺着未烧尽的煤核，铲到瓦盆里，将沸滚的饭镬移过去焐着。换了炒勺，倾了油瓶，一条细线下去，嗞啦啦响起来。煎三五条小鱼，炒大碗青菜，臭豆腐早焖在饭里，然后叫：吃饭了！

扭头看，那孩子还不走，觉得好玩，玩笑道：吃不吃？

他真就来了，一溜碎步跑过斜坡，跳上船。一张案板，正好一边坐一个，不知道的以为一家人。

大约有半年光景，接连到管镇接货送货，就也经过这里，那孩子掐算准日子似的，准在柳树林里，船靠岸，就钻了出来。有时带几棵菜，半碗酱。

有一回，他娘也跟来了。晓得是来看人的，也晓得很称心。下一次来，带的不是菜和酱，而是两磅毛线，一块灯芯绒料，几近下聘的意思。修国妹的妈私下里还请先生对了俩孩子的八字，水上人都有点信命。

可是她不答应，第一眼看他像她弟弟，一直当他弟弟了。虽然他比她早生半年，可"弟弟"不是以年月断的，她那亲弟弟也就小一年多点。因隔年又有了妹妹，于是妈背上一个，她背上一个，好比是他妈，缘分就不一样了。

用另一种算法，还有一次。她还在妈肚子里，停泊沫河口，老大们聚了喝酒，也有女人怀胎的，众人起哄指腹为婚。那条船是什么地方的不知道，老大姓甚名谁也不知道，就当一句戏言过去了。

山不转水转，十八年后，同一个停泊地再遇见，老大还是老大，女人还是女人，当年的人种却开花结果，正巧一个男一个女，也都读了书，在船上帮衬，那个约定刹那间就回来了。年轻人都是浪漫的，这戏文般的缘起，彼此生出好奇。但走船的生涯踪迹无定，恋爱中人最怕离别，一年时间过去，竟没有再见面，却出来一个张建设。

七八月的淮河，水涨得高，船从双沟新桥底下过，她站在舱顶做引导。双沟在苏皖交界，水域很宽，多条支线汇集，并齐河口，收紧了。只听马达汽笛，此起彼伏，万舸争流的气象。

她一个小女子，水红的短裤褂，赤着足，手里挥动小旗，左右前后竟都按她的指点，避让错行。张建设就在对面的甲板，船帮贴船帮，摇动着，擦过去，上下看看，照面了。

两条水泥轮机船大小和载重差不多，张建设却已经是老大。登门拜访，是父亲出面接待。来客虽是初见的生人，但吃水上饭的都是一家亲，并不见怪。因带的礼厚，金华的火肉、符离集的烧鸡、阳澄湖蟹、东北天鹅蛋大米，另有两副女人的金镯子，上海老凤祥的铭记，就晓得是个走四方的后生，也猜出几分来意。

有待嫁的女儿，断不了说亲的人。修老大读过几年塾学，经历过旧社会，到了今天，明白时代的进步，自己是受益的。儿女的事情，且是这样的大事，就不敢行包办的老法。女儿从来没有应许过一回，旁人说他没有家长的威权。他嘴上辩解，暗地里却是高兴的，出于舍不得的心。

这一回，和以往不同，没有拉纤的中人，自推自，是开门见山的意思，他就有些失措了。一边让座，一边嘱女人办酒菜，先称客人大兄弟，后改口大侄子。

两个年轻人倒很坦然，仿佛认识许久似的，互问姓名和学校，发现虽不属一个县份却有共同的熟识，无非是同学的同学，朋友的朋友，表亲的表亲。

修老大插不进话，显得多余，讪讪走开去，到后舱整货。再回到前甲板，两人却不说话了。一个低头摆碗筷，一个举着酒瓶子，割瓶口的蜡封，眯缝着眼，躲开嘴角烟卷的烟。他不禁恍惚起来，因为看见了年轻时候的自己和孩子妈。

下一回，是他登张建设的船。按规矩，要物色媒介，有当无过个手续，自己的女人也是这样说来的。可是，什么也代替不了做父亲的眼睛，有生以来头一回聘闺女，桩桩件件都要亲力亲为。

张建设的船保养得不错，新做的防水，马达也好使，尤其是日志。进货出货、行驶里程、途经地名、收支账目，分门别类记得清楚整齐，让修老大汗颜。赶紧合起来，不看了。船上用了小工，远房的表亲，洒扫就也干净。只是舱里有些乱，被褥有时间没拆洗了，衣裳洗是洗了，却不叠齐收好，而是搭在一根铁丝上，就像没洗过一样。

中午饭是乡下人的粗食，小工的手艺，整条的河鲤鱼、整个的肘子、大块豆腐，都是一个煮法，炖！炖到酥烂，料下得足，口味十分带劲。

一老一少两个老大，面对面吃喝，酒上了头，说话的声气大起来。

老的说：大侄子的船什么不缺，独缺一双女人的手！

小的应：女人好找，知己难寻！

老的道：知己不是"找"，是"相处"的！

小的又应：伯父听没听过"一见钟情"？

老的摇头：这就难了，天下哪有这般准的事？

小的抬手拦住：您别说，我真就对上一个！

何方人氏？

近在眼前，远在天边。

这话怎讲？老的有些酒醒，眼睛直看向对座。

那个人是忍笑的表情，其实清醒得很："近"是距离，却隔座山，就"远"了。

什么山？

老泰山！

这话说得俏皮，两人都笑一笑，停住了。听见小工在岸上吹笛子，掺了鸟的啁啾，声长声短的。

张建设收起笑意，双手端一盅酒，肃然道：从此以往，伯父您就是我的亲父！

修老大耳朵里嗡嗡响，喝干酒，翻过盅底，亮了亮。

就这样，吃完饭，送上岸，看日头向西，白日梦似的。事后难免懊恼，太没身份，至少也要拉锯二三回合。这后生确实有鼎力，一旦上船，舵就到他手底下，让人不得不折服。

渐渐知道，"您就是我的亲父"这句话，不是无来由的。张建设父母早亡，相隔仅半年，都是哮喘病。船上人最易得的两疾中的一疾，另一项是关节炎，因长年生活在潮冷的环境里。并不是绝症，照理不至于丧命，但时断时续，累积起来，最终吊在一口气上，其实是风湿走到心脏。

那一年，张建设和弟弟张跃进，一个读中学，一个读小学，都不成人。有人出主意，报个虚岁，送大的当兵，每月津贴供养小的，可是当兵的名额让大队书记的儿占去了。再有人想到结亲，哥哥成家，弟弟也算有了怙恃，但头无片瓦，足无寸地的"猫子"，八尺长的汉子都难娶媳妇，更何论未成年。如此，只剩一条路，列入"五保"，生产队养到十八岁。兄弟俩穿着孝衣，额上系着白麻，眼泪和了土，满脸的泥，只差一具枷，就成了听从发配的犯人。

到末了，大的那个直起身子，开言道：叔叔伯伯费心，从今起，我就下学，请队上派工，大小是个劳力，倘挣不出我们兄弟的粮草，先赊着，日后一定补齐！

说罢，拉了小的跪地磕响头。其时，身子没有长足，还是孩子的形状，说话做事已有几分大人的做派，比他爹妈都强。人们私下里说，那两口子都是软脚蟹，想不到下了一个硬种。所以，张建设比修国妹长一岁，学历却矮了两级。

这是一段凄苦的日子，弟弟住读学校，他在大队运输船做小工。大队的船往往走的长线，出行十天半月不在话下。

上岸第一要去的地方就是小学校，等弟弟下课，将些攒下的吃食塞到书包，手掌心摁进几个分币。十来岁抻个头儿的年龄，每回见，衣裳裤子都紧一紧，直至脚指头顶出鞋壳外。就地脱下橡胶防水靴，看那小脚丫子哆嗦着套上，转身打赤足走了。

第二去的就是自家的破船，泊在河湾里。揭开油布一角，爬进去，黑洞里无数只眼睛射向他，是破绽的口子。船和房屋一样，没有人气顶，便一径颓圮下去。他抱膝坐下，四下里一片静，仿佛神灵出窍，又仿佛魂兮归来。

父母的遗物，所谓遗物就是被褥衣服，清点无数遍了，可用的拣出来，实在糟烂用不上的就烧了。板壁墙上，他们兄弟的奖状，三好学生、普通话比赛、年级最优，揭下收进藤条箱。箱子垫着桌椅床柜架起来，依然受了潮。母亲的针线匣子，一枚银顶针，氧化变成黑色，他取出来，戴在中指上，其余一并放入箱里，垫几块砖瓦，再架高一层。舱顶的漏是补不起来了，路上拖来的油毛毡压上去。他相信，总有一天，张家人还会在这船上过自己的营生。

万事开头难，起初是咬着牙一天一天熬，熬到某个阶段，就渐渐尝出些甜头。越拉越紧，扯头就开的绳结；锚链直溜溜下去，手臂忽地一麻，扎到底了；眼看对面船迎头过来，打个满舵，闪过了；喝酒划拳，船工们的荤笑话，岸上的大姑娘小媳妇，他甚至交了相好，一个寡妇，带一群儿女，鞋都露着小脚指头，让他想起自己小时候。

替人捎带时——逐渐地，他也有了自己的私活——就问有没有穿剩的鞋，收起来，到地方一股脑扔上去。寡妇接了，扔下来的却是新鞋，麻线纳的底，钉了胶皮，后帮子也镶了皮，晓得是水上人的脚。

走船人哪个没有沿岸的风月，因为他小，就要受人起哄，先是红脸害臊，惯熟后便嬉笑打闹，欣然接受。可他是读过书的人，晓得爱情和同情的分别，也晓得雨水之欢和天长地久孰轻孰重，还晓得此一时彼一时。

十八岁那年，他从大队船上出来，单立门户。自家船稍作修葺，货舱重铺一层水泥，重置马达、柴油机、锚链、缆绳。新添一座船钟，从蚌埠旧货市场淘来的，不知道哪艘海船上的物件。这些修补可说都是拾来的废旧零散，一件一件集起来，再一件一件交割，多的换少的，少的换多的，大的换小的，小的换大的，倒手无数个来回，终于变无用为有用，凑合成三五成新。大队拨给几单货运，他又自谋了一些。

邓小平主政国事，政策松动，上头开一分，底下就是十寸。耕作还有统购统销约束，捕捞和运输，尤其后者，本来就属集体经济权限，其时就更自由了。他驾着船走在河道，船钟当当地敲，穿越马达轰响，回应汽笛长鸣，凌空回荡，仿佛来自天庭的清音。他很快博得名声，不只因为是最年少的老大，主要在于人品。行业其实是江湖，水上饭的道更深。辖地的管治只不过名义上，具体事务还是人情款曲，随时日久远渐成公约，俗话叫作行规。他出道早，难免受欺，倘若不开蒙，或就一辈子屈抑，抬不起头，如他这样心明眼亮，却可以从弱到强，由浅入深。父母在世，他只是看；父母离世，便是亲历。到如今，独驾一条船，则有了感悟。归纳起来，天下祸福无论大小轻重，端底就一个"争"字。落到水上世界，不外争河道，争先后，争上下游、顺逆风。两相对峙，总是强者取胜，强中有更强，所谓山外有山，天外有天，永无止境。但有更高一筹的，就是不争。

所以，他反其道而行之，守着一个"让"字，让掉的那些利好，用"勤"补上，计算起来，也并不见得有亏缺，倒积蓄起人缘。老大之间有了纷乱，往往请他做仲裁，这时候，"理"就出台了。"理"这东西，本是天下为公，却很怕霸蛮，扛不住会偏倚。有句村俚说得好：秀才遇到兵，有理说不清。好比一物降一物，霸蛮还怕一件东西，就是"让"，于是，他这样不争的人才有胜算。他自认在弱势，但弱势有弱势的活法。他相信，这世上既然容下一个人，必有一份衣食，不是天命论，是人生来平等的思想，他到底和父母辈的人不同，也是时代的进步。下一年，国家经济继续松绑，一系列开放政策脚跟脚下来，普惠大众，他的人生从此焕然一新，之前做梦都不曾梦到的，这里又有些命运的成分，他不信也不成。

　　分产承包手续完毕，下到船里，过去的日子扑面而来。父亲掌舵，母亲在舱外打水，铅桶哐哐地响。擦得铮亮的甲板，照得见他跌跌爬爬的身影，腰里系一根绳子，另一头系在妈腰上。接着是弟弟，小小的，红红的小脚丫子，打着滑，船上的孩子都是这么长大的。此时此刻，他忽然发现已经长大到，这船盛不下自己了，猛一鼓气就能撑破它，好像鸡雏撑破蛋壳。船帮的木板朽烂了；甲板下的龙骨断裂，凹陷下去；水泥防水层不是这儿漏就是那儿漏，不定什么时候，一觉醒来，船从身子底下滑走，人在水上漂。旧换新的时候到了，他想。

决心下定，即开始筹措。这些年走船，虽是以工分计，仅够他和弟弟的口粮，但私拉的单子，分账多少有他几个零钱。后来独立出来，暗底下的收入又多了些，合起算一份。再一份是身下的船，或只能当废旧货出手，如何折扣都有限。忽然闪念，购买者多半化整为零，分门别类，赚其中的利润差价，为什么不留给自己赚呢？

想到这里便按捺不住，说干就干，先收拾打包。星期天张跃进从乡镇中学回家，兄弟俩搭手，河滩上支起油布棚，归置日用的琐碎。转眼间底舱挪空，直接将顶掀了。这是张建设拆解的头一条船，多年以后往回看，可算他事业第一步。

事情不出预计，单是轮机部分，就抵得旧船的整价；墙板、地板、顶板、箱柜，作堆卖，又是一价；烂掉的龙骨，集拢卖个柴火价；锚链、绳索、篷布、油毛毡、大小铆钉、合页、锁扣，三不值两，也是个数目。承包制下，船户都在修葺，都是用得着的物件，不出三日，剩下一个船壳子。翻过来，涂上防水漆，就这么倒扣着，旁边是父母的坟头。"猫子"们的墓，只能做在河滩的斜坡，真叫作"死无葬身之地"。他特别留下那只船钟，好像有了它，就会有船，早和晚的事情。这些钱添上，新买一艘，不过十之三四，余下的大缺口，用什么补上呢？

当晚，睡在油布棚，棚顶漏进星月，是个一无所有的人了。心里并不觉得沮丧，反是轻松。枕下的船钟嘀嗒走秒，数着时辰，一夜无梦。村烟鸡鸣里醒来，被盖让露水打湿，头脸也是湿的。望天边早霞，就知道是个晴日头。拉根线绳，晾上衣服被褥，小泥炉生火煮面，搅进油盐酱醋，热滚滚下肚。就着河水涮了锅碗，再细细洗漱，睡乱的头发梳齐，整整衣裤，提一个人造革小包，上路了。

离开水道，天地变得宽广，似乎没有边际，陡然间，人被解放了，同时也生出渺茫，不晓得前面什么等着。可是，一步一步走过去，自然看得见，他信的就是这个。

现在，他从返青的麦田间走上公路，稍等片刻，班车来了。近午时分，汽车驶过水泥大桥，迎面一座拱门，塑成三面红旗的形状，就晓得进县城了。下了桥，农田迅速向后退去，两边房屋稠了，将车路挤得越来越窄，跑着马车、牛车、拖拉机、汽车、手推车，自行车在车缝里游龙似的穿行。柴油机的马达、汽车引擎、喇叭、铃铛，此起彼落。牛和马最安静，沉着地迈步，勿管前后左右如何催促谩骂，按着自己的速度和路线。还有轮子底下溜达的猪啊狗的，从容闲散，俨然地方的主人。

班车沿途停靠几次，下去些人，又上来些人，下去多，上来少，渐渐只剩二三人。卖票的看他，好像问去什么地方。他不回答，因为不知道要去哪里。他自来的活动范围都在河道周围，经过无数大小城镇，也只在临水的边际，没有进入中心区域。此时，班车通过壅塞的进城道口，街面疏阔，而且齐整，东西纵向为主干道，南北横向断开的多是小街，鱼骨似的排列。这是整体的结构。从局部看，小街由住家和摊贩组成，此时已到收市，就寥落下来。干道则为公家的营业，从车窗望出去，玻璃的门窗，门楣上的招牌，招牌上的大字，虽也人迹罕至，却是威严的气派了。

一行字进入眼睑：中国农业银行供销合作总社。心中豁然开朗，此行的目标有了。过两个路口，一转车头，熄火了，剩余的人清空，他不敢停留，跟着下去，看见墙上的红漆鬼画符似的涂着：客车总站。他才晓得，已经走到再也无法走的尽头。回到路口，站定了，认准方向，直接奔银行大门去了。

初起的念头是存钱，身上的家当卸了，即可翻转腾挪。推进门去，当门三个窗口，都空着，后面的磨砂玻璃墙里，似有绰绰的人影。他"喂"了一声，好些时间，方才有人隔墙应道：中午休息，下午一点办公。抬头看看，壁钟走在偏出正中一刻的地方，他决定就地等待。慢慢在厅里踱步，活动活动手脚，一边看墙上的张贴，每个字至少看过两遍，窗口有了动静。

就在这等待的几十分钟里，张建设改变了主意。

走到第一个窗口跟前，探头问道：哪里办理贷款？窗口里的女人抬起眼睛看向他，仿佛被惊着似的，说不出话。停一停，问是私人还是公家的业务。他一笑：可公可私。

女人脸上的表情更警惕了：什么意思？他回答：农村联产承包制，既是集体也是个体，您以为公还是私？

女人皱皱眉头，以为抬杠寻事的。街上少不了闲人，俗称"街华子"，专找女营业员搭讪，面前这一个又不很像。黧黑的皮色，肩背厚实，出大力的样子，衣服穿得板正，扣到领口，显见是乡下人进城。面上和悦，那几句答词却藏着机锋，就不是乡下人的简单。有些摸不着路数，只觉得不可小觑。

女人站起身，转回到玻璃墙后头，压着声说了什么，再出来，则尾随一个戴眼镜的男人。

那男人矮下身，凑在窗口看出来。他也矮下身，就脸对脸了。里面人问知不知道贷款是怎样的事，他侧身指了墙上的告示：上头都说了的！正是农业贷款的宣传书。里面人不由笑了。这项政策下来有段时间，紧锣密鼓张扬，并不起效。农村人都是做一口吃一口，十分不得已才会背债，渐渐地凉下来，不想忽然间竟来了一个。

紧接着，窗口里面递出一连串问题：姓名生年，户籍所在，教育程度，家庭成员——看起来是主事的。他对答如流，但当问到有没有抵押物这一项，陡然卡住了。他涨红脸，挠挠头，咧嘴笑了，露出一口整齐的白牙。

男人直起腰，和女人相视一眼，都见出对方的好感，女人说：若无抵押，有担保人也可以。

最后，是由大队书记做了担保。张建设父母去世那年，武装部来征兵，有人撺掇报张建设，私心里多少为减轻负担。五保户的支出平摊在各家各户头上，紧巴巴的年月，压根草都有分量。结果去的是书记的儿子。书记自觉得从孤雏口中夺粮，心里藏了愧疚，还是要归到那年月的难处。回乡的知青，书读到半拉子，倒落得肩不能挑，手不能提。本以为吃上军饷，终身都是国家的人，无奈扶不上墙的泥巴，三年时间，列兵去，列兵回，连个党籍都没争到。私下曾经想过，倘若换了张建设，不定会有怎样的前程。他看好这孩子，单是这一条，就敢做担保人。

往返几趟，办下贷款。差不多同个时候，书记大伯替他找到卖家。这时节，船家们都在晋级装置，一手退一手，一条半新旧的机轮船退到他名下。修国妹父亲前去视察的，就是它。

二

　　张建设和修国妹来往走动半年，正式喝了订婚酒。船上人家因是过着流动的生活，多半亲戚少，尤其张建设，连个家长都没有。请书记大伯做大人，和修国妹父亲母亲并为上首，下首坐了两人的弟妹，再加书记带来的小子。

　　小子复员回家几年，还穿着军装，说普通话，看起来很像下来巡视的干部。他当兵在徐州卫戍部队，驻扎军分区大院，外勤站岗放哨，内务则洒扫庭除，替首长做些杂役。首长都是战争中过来，吃过苦的人，作风朴素，也没有架子。儿女们就不同了，养尊处优，难免有些浮浪。当兵的也是年轻人，有样学样，总会沾染习气。操场上玩球，肢体冲撞，几个言语回合，摘了帽子，抹下腕上的手表，参谋和列兵的区别就在有没有手表，然后或单挑，或群殴，打得起烟。传到坊间，就得了"丘八"的名称。徐州历史很久，人物说话颇有古风。那里生活三年，见过些世面，又怕家乡人不知道，因此滔滔不绝，席上的话让他全包。那两个弟弟一个妹妹只有听的资格。

三个大人初次见面，拘着礼，低声细语地客套。修家母亲敬了头盅酒，硬挣着回去炉灶，换张建设上桌，替二位爷搭桥。三人静静地喝酒，耳朵里尽是聒噪。书记大伯到底挂不住，对张建设说：你是个有主张的孩子，成家立业了，莫忘记提携同年兄弟！张建设抬手向下首用力一划：都是我的弟弟妹妹，谁敢说不管？

修家爹爹眼圈红了，他的头生女要让这人娶走了，仿佛看见吃奶娃腰里系根绳子在甲板上爬，爬着，爬着，背上又驮个小的，蜗牛似的，发顶扎两根小辫，是蜗牛的犄角，眨眼的工夫，长成个大姑娘，姑爷都坐到跟前了。真是割肉啊，由不得生出恨意来。可是呢，俗话说得好，女婿是半儿。他倒是有儿子，可儿子没长兄总归孤单，所以听见那担当的誓言，又是欢喜的。

婚事定了，成亲又过了一年。这一年里，银行的贷款还去大半，又积攒下迎娶的费用。前边说过，乡镇企业大兴。尤其苏南地区，人口稠密，农地紧凑，与几座工业城市相邻，无论发展的需求还是条件，都在龙头。继而向北延伸，越过省界，一径带动起周边。物流几十倍上百倍增加，旧路不够用，新路不及开，高速公路还是遥远的传说，内河运输就夺得先机，变成主要渠道。计划经济的行政区划打开了边际，水网联通起来，左右逢源。但人拘得久了，外面世界的大和远就让人生畏，多还是局限在原先的地盘上活动。

　　张建设却不怵，他的线路拉得很长，从淮河穿过洪泽水域，到高邮湖、邗江、六圩，顺长江到江浦、秣陵关、江宁镇，回进皖地。皖南这一片，本来就是富庶，如今又腾飞发展，成经济重镇。

　　走过这些地方，张建设的经验是，发达地区一定从江河而起，再向沿海伸延。他读过书，鸦片战争之后签订《南京条约》，五口通商：广州、福州、厦门、宁波、上海，按下西方列强吞噬中国这一节，但说现代化速度，却是历史转折、社会突变。在他头脑里，"海洋"是个象征性的概念，带有理想的色彩，离现实很远。现实是，地方大，人就小，地方小，人就大！看得出，张建设不是好高骛远的人，比起保守主义，他又要稍稍往前多看一步。

于是，在这内河航运兴隆昌盛之时，他预感到更可能只是蜜月期，很快便结束了。抬头看，岸上的标语牌，赫赫然映入眼睛：要致富，先修路！沟渠填埋，农田等不及收成，压路机便开过来，打夯机的轰鸣昼夜不停，盖倒了船的轮机声。他已经看得见，陆路代替水路，车代替船。到那一天，旧的生计就将被新的代替，具体不知道究竟是哪一种，但他笼统地认识到，天下事物都是共生灭，同呼吸，就看你把不把到脉。

迎娶修国妹，他的船油漆一新，舱里满满当当。玻璃门的柜橱、梳妆台，大件有自行车缝纫机，俗话叫"两轮一转"，小件是气压热水瓶、三五牌台钟、双面绣的插屏。当然少不了"三金"，金项链、金耳环、金戒指。修国妹的嫁妆有得一比。床上绸缎面湖丝绵被子、珠罗纱白底隐花帐子、羊毛毯、羽毛枕，地下铜锁铜包角的樟木箱、红木的套桶和脚凳、黄杨木的婴儿摇床都备下了。穿的有呢大衣，男式的海军蓝，女式的玫瑰红，新款羽绒衣也是一蓝一红。衬绒夹袄，男装驼绒，女装羊羔绒。牛皮鞋高勒、低勒，棉、单、凉、拖。单是锅就十来件，钢精的、生铁的、搪瓷的、双耳、单柄、煎、炒、炖、煮，成套的碗盘、茶碟、酒壶酒盅，各有几十头。顶别致的一盒西式餐具，大小刀叉勺，嵌在紫红平绒托上。一样一样送上甲板，摆起来，罩了桌面大的双喜字，展销会似的。

喜酒摆了十条船，大船三席，小船两席。两边的客人多是同行业。修老大行船日子久，结识在三四代以上；张建设走得远，都有隔了省的朋友来贺礼。下午三时开宴，入夜八九点还未散去，条条船掌了灯，河湾里点了火似的，红通通一片。直到东方露白，才一艘艘相继离开，马达突突响着，渐渐远去，消失在晨曦中。

这场夜宴，可说象征了水上运输的黄金时代。拉不完的货，接不完的单子，卸载的空船，被厂家拉住不放走，又装一载到下一家。沿河挤挤挨挨着大小码头，码头后面，新厂连老厂。天际线改变了形状，原先平缓的弧度上，凸起许多锐角，视野变得狭窄。听觉呢，也是壅塞，岸上是机器的隆隆声，岸下是船的马达和鸣笛。直至暮色下沉，夜色渐深，方才消停。

这是张建设喜欢的时刻，水面疏阔许多，喧哗收敛起来，星月仿佛升高了，船尾拖了细浪，心里格外安宁。白昼里麻木的知觉此时恢复了，甚至更加灵敏，似乎，万物都在发力：潜流在码头的木柱间绕行，鱼排籽、孵卵、破膜，地龙拱土，水蛇蜕皮，鸟族在枝头求偶……他以为在梦里，烟头的亮是梦里一个醒，带他回到现实。于是，听见自己的脉跳，舱里面妻子的鼻息，胎儿在母腹翻身打滚。他是个拖家带口的人。不由笑了，这无声的笑也进了耳朵。头顶上三星排列，时辰不早，烟蒂扔出船帮，噗的一声。叫出小工守夜，换进去睡了。小工是从江苏地界泗阳找来的，也是个孤儿，原先在乡里的麻刀厂做，受不了那个气味，宁愿当"猫子"，硬跟着船过来。

头一个孩子生在船上，取名舟生。其时，他们在巢湖那边。皖南比皖北发达，运费几乎翻番，一单接一单，几上几下，回程的日子一推再推。终于挨过日子，分娩了。

修国妹说可自己给自己接生，母亲生弟妹的时候，她就在跟前，看不看都进眼睛里。

生完了，就轮到张建设。想不到，没经过女人事的男人，竟然会侍奉月子。猪蹄炖得起膏，鲤鱼熬成牛乳，黄糖水打溏心蛋，莲子红枣粥，茼蒿菜煮水，用来煞油腻，苹果掏去芯子隔水蒸，也是压火气。第一口奶是他吸出来的，夜哭郎是他起来抱着摇到天明，母子俩的洗涮也归他。隔壁船的老大笑话说：男做女工，越做越穷！他回答：我这个女人命旺，破得了天戒！

船驶到临淮关，和老岳家碰头，已经二月二龙抬头，婴儿出世剃胎毛的日子。按规矩是由舅舅动推子，可舅舅在县中学读书备战高考呢，还是张建设自己来。外婆铰线头的小剪子，一绺一绺，又有人戏谑：修理地球啊！他笑接下句：锦绣河山！多半亲力亲为，他和舟生最亲。

日子过得快而且满，娶了娘子，生了儿子，攒了票子，舅子小姨供进城上学，自己的兄弟则送走当兵。这时节，生计多了，西线有战争，太平世道谁愿意出征打仗？参军的热便凉下来。这张跃进少小缺爹娘管教，天生也不是读书的料，要不是做哥哥的辖制，怕已经辍学上船了。二也是还张建设自己的少年心愿，听书记大伯的孩子说话，晓得虚多实少，还是有触动。这一批征兵是新疆驻防，内陆的人听起来，远到天尽头似的。这里单军服上身，发下的已经是棉和毛，看到那一双大头靴，方才有些释然。他忘不了张跃进顶出鞋的脚指头，那是软肋。

安顿下几个小的，还有一个大头，就是允诺书记大伯帮衬的，他的同年兄弟。起先，那兄弟看不上他的帮衬，问娘老子"借"了钱，和战友参建水泥预制件厂，不到半年，钱打了水漂，战友们一个个跑得看不见。于是，书记大伯亲自押解到跟前，求个小工的营生。他怎么敢！不知道谁雇谁。来回寻思几遍，最后给明光镇的窑厂，也是他的客户，牵线做了销售主任。家家户户盖房造屋，砖瓦先是紧缺，接着过剩，因为四处都在开窑。临高望去，东南西北的大烟囱，吐出滚滚黑烟。出窑的时辰，有电的地方拉了线路，高支光的灯泡大放光明，没电的则扎起火把，映红半爿天。再一眨眼，满视野破土动工，或者从无到有，或者推了旧的盖新的，真叫作：眼看着起高楼，眼看着楼塌了。建材就又走俏了。

张建设做了这中人，实是心里打鼓，随时会出事似的，有一段时间，都不敢再往明光那边接单。过后传来风评，竟然很好，颇有作为的气象，方才松一口气。

书记大伯的儿子，大名李爱社，小名社会。和张建设的名字一样，听起来就知道什么时候出生，上世纪一九五八年，月份还大些。到底走过外码头，开了眼界，又操一口普通话，乡下人称普通话"标准语"，代表着官方，已经起了三分敬。这时节，如方才说的，砖瓦的市场，一时买方，一时卖方，要有眼力，看得准风头，顺风和逆风各有理据，这就要靠说辞了。刚从泥里拔出脚杆子的庄稼汉，眼和嘴都是拙的，缺的正是他这号人物。慢慢地，张建设接续上这头的老关系，有时看见李爱社，穿一身西服，打着花领带，来不及照面，好容易过上话，就是老板的口气了，给他生意做。所以，就又不从那里走了。

这一段日子，无意中留下纪念。那是在洪泽湖，搭了个年轻学生，上船就支起架子画风景，时不时放下画笔，端起照相机按快门。张建设忽然兴起，说替我拍一张。学生说好，让他站船头，稍稍端详，快门咔嗒咔嗒连着两响，结束了。下船时，他没有收捎脚钱，写了邮寄的地址。十天半月以后，这事都忘到脑后面，照片却收到了。两张小，一张大，附了底片，拍得很好。仰角的镜头里，他手撑在胯上，身后蓝天白云，前景里看得见舱房的屋檐，檐下面还挂了一卷缆绳，就知道是在船上。他们老家的男女，生相都标致，似乎有南亚人的种气，高鼻梁，宽额头，双眼皮的多。张建设也是，神情轩昂，无限风光的姿态。

现在，张建设的计划是上岸。他们还在青壮，岳父母却是向晚的年纪。两位大人都有肺弱的迹象，关节也开始变形，使他想起自己早逝的爹和娘。看见舟生腰里系着绳子，被母亲牵着在甲板上蹒跚学步，想到的是自己，不能世世代代做"猫子"。并不是对身份抱有成见，如今，谁敢小视张建设呢？漂流的水上生活总是无根之萍。古代圣贤说，无恒产者无恒心。他是个有恒心的人。和存在决定意识的唯物论反过来，意识决定存在，就是要用一颗恒心创造恒产。不能说是自小的立志，提早十年，莫说十年，五年，三年，甚至仅仅一年前，他也不敢去想。可是，如今不是有实力了吗？从这里说，恒心又是从恒产里起来的，还要回到唯物史观。就像先有鸡先有蛋的问题，其实是个循环的关系。

所谓上岸，落实到行动，很简单，就是造一座屋。钱不是问题，建材对别人也许是问题，对他却不是。做运输，没少和砖瓦水泥钢筋木材的供应商交道，人脉很广，难处在于地。他们被人蔑称"猫子"，这"猫子"两个字从词源上看没什么不是的，硬生生让这营生背上污名，归根究底，就是无地。无地则无籍，无籍则无名，无名则无族，而为乌合之众。张建设倒没有改写历史的远大目标，他向来没有目标，只有计划。计划的第一步，也是基本的一项，就是地。

地，这一件事情，唯有一个人能办。谁？还是书记大伯。书记是岸上人，统管平地七个生产队再加两个水上生产队。联产承包，分田到户，一系列改革，公社还原为乡镇，生产小队还原为自然村，在生产大队的基础上联合自治。这样，大队便成为国家行政系统的末端，同时，计划经济体制也在这一节涣散开去。大队书记现在叫村长，出自民选。农村的事情，哪一朝哪一代，明里暗里，主导性的力量总是来自宗族。书记的李姓是大姓，所在也是大村，几乎占大队人口一半，无论上级任命，还是现在的民意，都和它有关联。

书记大伯和张建设不是族亲，在后天的缘分，一个由另一个抚孤，另一个呢，眼看到了托老的时候，生亲不如养亲。在这通常的人情底下，有更深的渊源，两个都是人里的龙凤，嘴上不说，内里却惺惺相惜，视对方为忘年知己。所以，张建设才有胆开口，向书记大伯开口要地，地可是乡下人的命！

多少也应了世事变化。分田的时候，借了县里测量局的人和尺子，连地埂地边都不放手，横来竖去地丈量。但种田的兴头很快被工业热潮盖过去，春种秋收周期缓慢，收益有限，哪里比得上机器！零散的地块又三三两两合起来开厂。土地流转中，实际面积又被利润统计盖过去，价值就有了涨缩。书记大伯在村子低洼处，近河滩的位置，切下半亩地。张建设不能让书记大伯为难，他以高于通常的钱数向村委会买下三十年租期。这时节，土地市场没有过明路，凭借约定俗成，民间的交易其实相当活跃。

张建设的财力足可以造楼，但只盖了五间平房。他不愿压过村人，尤其书记大伯的风头。村人们收留了他，他永远是谦卑的。龟缩在庄子台基底下，仿佛稍不留意就踩平了。可渐渐地起来一股子生气，白墙黑瓦，前后各留一条园地，南院窄些，铺了砖，贴墙排几行盆栽，海棠、芍药、月季，大瓣的花，姹紫嫣红。北院种菜，支起架子，上面豆角、茄子、西葫芦，底下南瓜，一盘一盘，中间是豌豆荚，绿生生的。

修国妹的二胎就生在这里，取名园生，听起来像男孩，但要看这园子，就知道是个女孩无疑。虽然有生育制度管辖，船民们却依旧多生多养，水上饭总是风险大，人口就是保障。反正，船一开出，无有定所，谁也不认谁。集体制解体之后，就更自由了，"计划"内的政策对于他们基本失效。但张建设依法缴纳了超生罚款，他不能让自己的儿女"黑"掉。

接下来，户口落到何处？什么事难得倒书记大伯呀！人场官场，可谓纵横家。土地使用权和所有权，宅基地和

"地上物"烩在一锅，分盛碗里，你中有我，我中有他。还是拜世道所赐，八十年代开初，所有物权都在重新定性定量，事实上就是再次分配，变通的渠道很多。左右逢源，最终以居住地开立户籍，由这初生儿顶了门户。将来，张跃进复员转业，小弟大学毕业，小妹呢，也正在高考，带走水上户口，落回来就是陆上人。

世事难料，后来谁也没有回来，连园生都离开了。张建设算得上思想超前，结果，还是被历史抄了近道，那真是和时间赛跑的日子。

将两位老人安置进新房，舟生留下。吃奶的园生缚在母亲背上，再出船去。头一个孩子修国妹连尿布都没怎么换过，这一个从落地起就黏在身上，自然宠溺得多。两个都有一方偏袒，谁也不受委屈，是理想的家庭。

那小工幼年吃苦，压抑住了，以为不会长了。想不到上船后放开吃喝，发起来，蹿得和张建设一般高。身子是少年人的细弱，秉性却很稳重，也随张建设。不像人家的小工，称主家"师傅"，而是叫"爸"，修国妹却是"师娘"，排阵有点乱，意思是对的。时间久了，两人真仿佛认了一个大儿子，就把"小工"叫成名字，后来又变"大工"，听起来是"大公"，像日本人。岳父母上岸，原先那条船修补修补，让大工掌舵，跟着张建设，装一样货，吃一锅饭。渐渐地，园生下地走路了，腰里系根绳子拴在她妈身上。

有一日，叫大工吃饭，人没有来，下一顿也没来。问他怎么吃的，低下头期期艾艾说：今后自己开灶，不劳累师娘了。两人共同"哦"一声，修国妹想，孩子大了，有了相好，要娶媳妇了。张建设想的是，大工要做小老大了。算起来，大工跟了他们四年半，萝卜干饭当出师了！于是，当下拟定船租，比惯例少抽一成，再分出一些货单。看他的船渐渐走远，马达声哒哒地击着水面，很久很久，难免是惆怅的。

大工的离去却打开思路，何不多买几条船，招几名老大，按比例收益。多年的经验告诉张建设，单凭自家，即便从昼到夜，再从夜到昼，不过挣一份衣食，过日子尽够了，也只是过日子。他的心要比寻常日子大出那么一点，通常叫作事业心的一点。以目前的财力，额外置办船是吃力的，当然，倾其所有也凑得起来。可是他不想回到那个捉襟见肘的草创时期，吃二遍苦，多年的勤力都白费了似的。再讲了，事业是他的，多少有私心的成分，不能为自己侵害家人的利益。这些朴素的守成的计算，其实体现出"有限公司"的初级思想。书本上的教条，在他是切身体会，也意味着一个乡下人正走入现代经济社会。

他去到县城农业银行。最后一笔贷款还清，已经过去了三年时间。推进玻璃门，还是那个营业厅，窗口里也是过去的面孔。但他却像经历了翻天覆地，不再是原先的他，几乎有洞中一日世上千年的心情。

贷款部的男人依然是那一个，还贷时又见过两面，知道他姓姚，副科的职级，就叫姚老师。倒不是虚称，因真受教过的，就是发放给他第一笔贷款，带有启蒙的性质。姚老师没变化，只是眼镜框架变黄，显出老旧。

姚老师从窗口看见他，绕到前厅引他进办公区，两人握一下手，显得很郑重。如今，农业信贷已经普及，业务迅速增量，但张建设是第一个客户，又是按期清偿的第一笔，就有开张大吉的意思。姚老师记得他的名字，对人也有印象，此时却有点不同，好像长高了。或许是真的，民间说法：二十三，蹿一蹿。算起来，最后一次见面时，他正二十三。但更可能是岁数的原因，原先的小年轻，长成汉子了。

这一回申请贷款，有抵押物了。两条机动运输船，加五间平房，还有良好的信用记录，这比什么都有价值。这又推进了张建设的认识，诚信比实物更重要。临近中午，他邀姚老师吃饭。姚老师虚让两回，答应下来。

张建设先行一步，去到新起的酒楼"水上人家"占位，点菜，到后厨捞一条鱼，摔在砧板，亲眼看着开膛破肚，才又回到座上，从二楼窗口往下看。他的县和修国妹的县同在淮河沿岸，她在北，他在南。他靠过那里的码头，记得满城的酒糟味，空气都是发酵的，有一种丰腴。而他的地方因是在下游，受淹频繁，就要贫瘠得多。这县城原先只一条大街，向两边分出横巷，所以说它像鱼骨。建国初期，拓宽一个交叉路口，设置行政机关，渐渐开出一些国营店铺，成为中心地带。到六十年代，建起一幢百货大楼，所谓"大楼"，不过二层，却是县城的制高点。

他和修国妹订婚那年，来这里逛过。两人先下馆子吃饭，一盘爆炒猪肝，一盘爆炒腰花，特别对乡下人的口味。然后去百货大楼买结婚的物件，看见柜台里有白瓷碟子，问多少价钱。女营业员头也不回，说：不卖！修国妹说：凭什么不卖？女营业员说：不卖就不卖！一里一外的对嘴。百货大楼的女营业员，都是天仙，凡人够也够不着的，可天仙变起脸来，比厉鬼还快，原来是"画皮"。修国妹平日显不出，这时节连他都惊呆，竟然这么嘴利，句句占理。女营业员哭了，梨花带雨的，又恢复天仙模样。就有人出来劝和，里面人哭着说：难道你要买我身上的衣服，我也要卖给你！于是明白，那白瓷碟子本是个盛器，里面的螺丝帽，螺丝钉，才是出售的商品。两人走出门，站在台阶笑了半天。

　　忽听有人说：一个人笑什么？原来姚老师来到了。赶紧起身让座，问喝哪种酒。姚老师说酒不喝了，下午要上班。于是招来服务员，泡一壶顶级黄山毛峰，冷盆也上来了。面对面和姚老师吃饭，有一点恍惚，似乎不太真实。同时呢，又再自然不过，仿佛之前所有的日子，都是奔着此情此景来的。

姚老师是街上人，出身一般人家，父亲在机械厂做工。母亲没有正式职业，有时在澡堂卖水筹子，这里的澡堂，兼营热水店，有时到县医院做清洁。儿女未成人自己又年轻的时候，到河码头拉过水，一个汽油桶的水五角钱。在这个几万人口的江边小城，就业的机会十分有限，他们这样的老户算是好的，路数多人脉广，就找得到活计。

姚老师是长子，家里尽力供他读书，高三那年正逢"文革"上山下乡，就近插队城郊。出身清白，本人又努力，巧的是，第二年地区办"五七大学"，便推荐上了。原则是哪里来哪里去，但也有几个按需分配，他就在其中。先是在底下供销社，再到县农行，加起来已有十年光景，算得上业内的老人。

底下一串弟妹，乱世里长大，没学到本事，倒混了习气，进不去厂子，又不肯务农，高不成低不就的，最后都闲在家里吃娘老子的。如今，因这大哥的人脉，一个个有了事做，大集体，小集体，总归是饭碗。父母方才歇下来，舒心一段。紧接着，就是男大当婚女大当嫁，除妹妹出门子，余下三个弟弟加他自己，都是进人口的。姚家只有两间房的地皮，张建设悟过来，城里街上，也有地的难处——大的结婚占一间，二的占第二间，上辈人挤回原籍，幸而那里留了一间旧屋。等三的娶亲，挤出的就是他了。从单位分了一间宿舍，刚搬过去，四的媳妇说定了。二和三可没那么好商量，也是没办法，一个在码头做搬运，一个也在码头，名义是"纠察"，实际是水警下面不入编的社会管理，类似民兵的组织。不发制服，臂上套个红箍，手里持一根警棍，再衔一枚哨子，就是全部的装备了，权力却很大。客轮乘载大多乡下人，畏首畏尾的。于是分外嚣张，领着上客走队形，非走直了不算，下客则相反，要将人群驱散，放羊似的漫在河滩。一早一晚两班航次，余下的时间便是抽烟打牌。这种行当专会培养粗恶，所以，这一个最难缠。老大的权威靠实力支持，本来资源就有限，分摊到各人更微薄了。姚老师是家中唯一读过书的，接触的都是斯文人，脾性磨软了，怕的就是硬上的那种。无奈之下，给四的赁了私房，替他交租金。这样，三又不干了，要与四对换，两兄弟便闹起来。外头没消停，里头又起波澜，姚老师的允诺，他媳妇不认。幸亏平时攒下些私房钱，支应了这头，再对付那头……

听姚老师絮叨家事，张建设极为震动，想不到日子竟然过成这般窘急。他向来以为丧父丧母是天谴般的惨事，不料想有父有母可生出如许烦恼纠葛。他以为城里人不必挂虑衣食，却是比衣食操心更多。所以，他想，人世就是苦，不论从哪里起因，又在哪里生成，终是要面对和克服。

这一趟，不只从农行贷款，更要紧的，和姚老师做了知己。两人相差整十岁，这个距离在青少年几乎是隔代，但人向中年，却是平辈的兄弟。随着社会上的进退，甚至会重排长幼的序列，他们之间渐渐显现这样的趋势。张建设始终不改"姚老师"的称呼，可是有时候，是他替姚老师做主张。

其时，他买下三条二手船，将其中成色新的租给姚老师的四。这四是兄弟中最末的一个，家中所有被上面几个层层盘剥，到他则殆尽无余，大哥的人情也用到头了，这也是姚老师格外帮他的原因。这四本来有些随大的，本分，指望他多读几年书，有个公家的工作。但家庭是那样的氛围，出一个姚老师已经是奇迹。初中勉强毕业，在手工业管理局做临时工。手管局底下挂靠无数单位，多是作坊式小企业，打铁铺子、石灰窑、渔具厂、五金店，五花八门，没个主项，总之，凡够不上国营工农商部门的，都归到它。所谓临时工，其实就是杂役，仓库守更巡夜、拉板车送运货、安装门脸、烧水扫院，任人差使，学不到手艺，还受憋屈。却不耽误找对象，这家的子女，包括姚老师本人，都遵循国家婚姻法规定，男二十，女十八，准时嫁娶。年龄又压得紧，一个挨一个，容不得喘息。张建设提出这办法，一是为姚老师解困，二也是看四的老实可怜，要是二和三，他就不敢担责了。

四的船，重上一遍防水漆，舱房尤其刷得簇新。四的对象是街上人户，现在，张建设知道城里生活的局促，格外送一架缝纫机和自行车，当年娶修国妹时候的"两轮一转"。喜宴办在姚家老屋，排了一巷子桌面，是给四撑腰，不叫哥哥们欺负，也给大的长了威风。张建设和修国妹被请到上桌，和两家大人，还有姚老师的领导同席。虽是最年轻，但领导带头，都称呼老大和老大师娘，害他们不停地起身敬酒。一杯一杯喝下去，师娘面不改色，老大倒有些撑不住了。

现在，张建设连他自己，总共五条船。对于一个刚起步的船东，恰如其分，输也输得起。赢呢，眼前的路长得很呢!

三

修国妹的弟弟修国华，家里叫作小弟，晚她一年半。因再过一年半又有了修小妹，母亲要哺乳，就把他交给大的了。修国妹七岁上小学，他只五岁半，也跟着去学校。乡下的小学，有一半是托幼，家中管不及的孩子，送去消磨时间。

他们是住校，男女不分横排睡一张大床，因为挤，也因为铺盖不足，都打通腿，姐弟俩就合被窝。爹妈走船，十天半月看不见人。那小的白天还好，有许多事情分散注意，到夜里想起爹妈，直哭直哭，怎么哄也哄不住，招来许多嘲骂，被叫作"哭死宝"。大的自然不依，一句回十句，一人对十人，那张利嘴便是此时练成的。

后来上到三四年级，学校翻了房子，分出男女宿舍，她的被窝进来小妹，出去小弟。刚治好的夜哭症又发作了，这一回是哭姐姐。修国妹就隔墙骂，骂那些要笑他的人，直骂到小学毕业。大的二的上公社中学，剩下最小的。

这修小妹是另一个路数，不单自家姐姐，天下人都是她姐姐。来到不久，已经钻过所有姐姐的被窝，让所有姐姐梳过小辫。哥哥姐姐走，她非但没有眷恋，反是窃喜，因为自由了。姐姐要管束她，哥哥呢，让她难堪，被叫作"哭死宝的妹妹"。她不像姐姐那样反击，而是回避，撇清关系，佯装没感觉，表示"哭死宝"是"哭死宝"，自己是自己。一方面，是和兄姐分开长大，难免感情疏离，再一方面，独享父母照顾，多少有些自私。

总之，他们三个，合力看，上面两个亲，底下一个独。分开说，则两头强，中间弱。整体上是平衡的。

"哭死宝"却也有自己的优势，读书。若非此长，即便姐姐扶助，也难立足。少年人群是个蛮荒社会，遵循丛林原则，弱肉强食。学习毕竟是校园生活的主流，就可出奇制胜。在乡下小学里并没显出山水，男孩都是后发，他又比人小一岁半年纪，走路都不稳，铅笔握得住吗？只能勉强跟上，不至于脱班。到了初中，情形大改，每学期考试都往前排几位，初中三年级便名列第一，免试晋级高中。

这时节，姐姐回船上帮父母干活，小妹小升初——这也是修国妹的主张，如他们这样吃水上饭的人家，要想在岸上谋个立足之地，读书是个途径。知识青年上山下乡，村里也派到学生落户，大多是颓然的，偷鸡摸狗，糟践庄稼，乡人们都以为堕落不可救。修国妹看到的恰恰是，这些人另有一种命运，他们迟早回去城里，展开前途。修国妹自诩读过书的人，比周围人有眼界，晓得天地的广大，人在里面的小，唯其如此，才会有机缘。虽然不知道前面有什么等着，走过去，说不定哪一时迎面撞着。可不是吗？她遇着了张建设。

小妹其实不是读书的材料，可她喜欢集体生活的热闹，也受集体欢迎，属社会型人格，和小弟分处两极。他们长得不像，很少有人认出是兄妹，没人喊小妹"哭死宝的妹妹"。事实上，"哭死宝"的诨号没人知道，现在叫的是"白先生"。他长得白，船上人很少见这样的白皙，一个男孩生成瓷样的皮肤，简直是浪费，所以，这"白"字里就有一点戏谑。"先生"则是同学们封的，老师有事外出，常常让他替班上课。开始也有剽悍的男生欺他，也曾哭过，但老师不依。高中的男生站起来和男老师一般高，有时候就要讲武力，面对面地开打，几次过后，便怵了。

"白先生"的地位渐渐成为公认，小妹不再回避亲缘关系，还特特告诉人们，"白先生"是哥哥，虽然从不称他哥哥，总是"小弟小弟"地叫。这就换作"白先生"躲她，严格说，躲她身边一双双眼睛，那眼睛都会逼人的。女孩子通常早熟，又盛行一种风气，和高中生交朋友。"白先生"可说学校的精英阶层，长得好，还是同学的哥哥，正合乎戏文里的风月情节。"白先生"上面的姐姐，下面的妹妹，都是强势的人，使他格外对女性生畏。面对小妹一帮同学，真有羊入虎口的意思。这场追逐中，小妹最得意，既有脸面，又有实惠，因都来巴结她，争相做她挚友。她有意无意地，拿哥哥做人质，索取好意，心里却清楚"白先生"的斤两，无论表面多么风光，终是个无害无益的家伙。

小弟高三毕业，正逢全国恢复高考，考进了省城的工业大学。积压十年的考生一并拥入高等学府，他是应届，又早读书，班上最年长的那个，差不多生得下来他。"白先生"自然做不成了，即便同学，他们这些小的，也属籍籍无名之辈。

一九七七、七八年的校园，是"文革"前初高中，人称"老三届"的天下。从动荡年代过来，经历社会实践，抱着改变现实的激情，书生造反，只在务虚。于是，创建社团，组织论辩，出报出刊，演戏演剧，一时间风生水起，如火如荼。小弟们插不进嘴也插不进腿，走道都是擦边，除去课业别无其他。

这样的边缘状况，到了大三大四，逐渐起了变化。还是那句话，校园生活终以向学和求知为主流，也意味着教育回归正途，修国华有点脱颖而出的意思了。乡镇中学的头名状元，在来自全国的生源中，至高不过中游，头年打基础，次年起跳，第三年便腾空而跃。他的专业是电气工程，任课老师建议他考研，转计算机方向。其时，计算机在中国还在普及阶段，国外已经呈现新业态。小弟的学习禀赋，体现在专一，他特别能够集中注意力，亦步亦趋地进到深处，却不太具备联想的能力，触类旁通。简单说，就是路子窄。老师的建议确实挺有针对性，拓展知识领域，改造思维模式，同时呢，也指出下一步的目标。这靠他自己是想不到的。

暑假回家，姐姐结婚，他第一次见到张建设。他又拔了个子，姑舅两人站在一起，舅子高出半掌，体魄上，却不及姑爷的半身。细长的身条，脸更白了，架着副眼镜，比姚老师的新款。张建设暗想：不像修国妹的弟弟，倒像儿子！小弟则觉得姐夫和姐姐很配，都是有力气有主张的人，罩得住自己。

下一年，小弟本科毕业。因本校的计算机专业是新创，程度有限，还是老师做主，放弃直研，引荐报考隔省的大学研究院。通过卷试面试，顺利录取。过完暑假，即去就学。本可以走水路，开自家的船，沿途有几个货点，方便接应，还可看风景，好比古人赶考。但多年读书，也许用脑过度，或是环境影响，逐渐养成晕船的毛病。听起来挺奇怪，水上人家的孩子不服水。因为这个，他连续几个寒暑假不回家。修国妹结婚，回来了，是住在书记大伯家里。

所以，就改陆路。

去省城上学，是修国妹送的。这时候不巧，舟生未满百日，挂在奶头上，就由张建设出勤。小妹自听说有南京之行，便一径闹着也要跟去。大人都不同意，是从盘缠计算，节俭里过来，眼下的日子都觉得造孽了。

修国妹一向以为这个妹妹和他们两样，有"街华子"的浮浪，不是根性里带来的，而是风气所致。她和上面两个相差没几岁，可就这几岁里社会转变，从不足走向有余，是好事情，却也让人不安。内地镇市的物质世界尚可估量，省城就难说了。小妹多次起意到合肥看小弟，都被扼制住了，这一回无论如何不肯罢休。多少出于无奈，修国妹转念想，到大学里走一走，或许激发上进也不定。小妹很聪敏，即便心思不在读书，也混到居中。其实呢，还是宠溺心作祟，在她眼里，弟弟妹妹永远长不大。有了舟生，自己做了母亲，照理他们也长了辈分，可却相反，一并做了她的儿女。最后，就站到小妹这边。

张建设对大学不熟，内心难免生畏。舅子是只能人帮，不能帮人，有小妹一同探路，总归踏实些，却又不好忤逆岳父母。等修国妹态度出来，事情就定了。

这三个人搭长途车到蚌埠，天已向晚。先在火车站看班次，买第二日的票。离开售票处，站在马路牙子上。张建设想吸支烟，就有女人拥上来，拉他们住店和吃饭。走过两条街才算突围，剩下零星三四，尾随两个路口不见了。

张建设知道凡车船码头都是法外之地，有不可测的危险，宁愿走远，到中心城区住一家大宾馆。他们一行都没进过宾馆，一推门，迎面而来几个外国人，以为去了不该去的地方。张建设撑持着率先往里走，那一伙人不及后退，差点让行李箱绊了。后面两个小的紧跟，小妹差不多是从对面人的腋窝底下过去的，只听一阵"索来索来"的疾呼。此时，却又迈不开腿了，光从上下左右照射，隐隐地传来音乐，水晶宫一般。

恍惚中，有人引他们到服务台前，里外的男女也都是水晶人似的，闪闪烁烁。办好手续，乘上电梯，升、升、升、停，门打开。声光电收起，地毯上的栽绒发出一层薄亮，却是又深又软，把脚步声吃进去。在静谧中走过一扇扇紧闭的房门，门上刻着号码。三人分作两间，张建设和小弟一屋，小妹自己一屋。

各自收拾了再聚一起，商量吃饭的事。张建设问弟妹们，"索来索来"什么意思，是不是责怪他们无礼。两个小的告诉说，恰恰相反，是向他们说"对不起"。张建设说：那还是咱们失礼了！

说一会儿话，便出门乘电梯下楼。适应的缘故，大堂里的灯光不像起初那么炫目，玻璃门外则一片灯海，车和人行在其中，都带了一束光似的。沿街走去，挑一家门脸敞阔、挂红灯笼的。果然轩敞得很，横竖排开，几乎有上百张桌，因是现烫现吃，就可从容照应。铁镬子嵌在桌面里，隔成太极图似的两半，分红汤和白汤，名为鸳鸯火锅。张建设点了牛羊肉，鱼虾海鲜，再加各样蔬菜，粉丝面条，又格外端上七八种蘸料。

小弟心生不安，问姐夫花多少钱，张建设说，钱挣来就是为花的，重要的是物有所值。小妹说声"吃"，便下了筷子。他喜欢热辣辣的红锅，小弟却沾不得星点，只在白锅里涮。小妹则红白锅穿梭来回，小弟就嫌她混淆了辣和不辣。小妹不理会，兀自左右互动。于是招来服务员加一双筷子，令小妹分食，这才安定局面。

　　同行不出一日，张建设已经领教这一对姨舅被惯得不轻，一个不经事，另一个专惹事，到社会上去，各有各的难为。他并不生嫌隙，倒是羡慕有父有母的孩子，不像他们兄弟，茕茕孑立。张跃进去部队已经三年，还未探亲一回，平时不怎么想起，想起就有一股辛酸，好在热气遮脸，花了眼睛，慢慢地，喉头的堵下去了。

　　吃完肉菜，下一束挂面，七分熟捞起，拌进佐料，再喝两碗汤，盘碗都干净了。结账离桌，走出门，凉风兜头吹来，一身透汗，脚下轻快，就在街上漫走。不知不觉中，转上岔路，路灯逐渐稀疏，终至全无，倒也不见得黑，因为有天光。两边的房屋矮下去，路也宽阔了。风鼓荡起来，却是湿润的，就有点沉，贴着人的脸和身子。前面绰约断续的灯亮，横陈一道高堤，越走越近，只看见大柳树间拉着电线，缀着五颜六色的小灯珠子，底下一溜摊位，衣服鞋袜，日用百货，南北干鲜。接着一段小吃铺，自己捡了鱼肉蔬菜，过了秤，交给掌厨的，或煎或炒，或汆或烤，热火烹油的，十分蒸腾。走过去，又是衣服鞋袜。

小妹走不动了，眼巴巴地来回看。暗夜里的灯本来就有一种诡谲的色彩，光影交错中的织物，花团锦簇，真仿佛羽衣霓裳。和百货公司橱窗里的展示不同，一是量多，二是款式奇异。摊主大多态度倨傲，不在乎买卖，其实志在必得。像小妹学生模样，不挣工资，又没大人陪伴，只不过解个眼馋，更不会搭理了。女老板绕出摊位，也不开口，抬起胳膊肘子，人就顶到一边去了。小妹哪里受得了这个，胳膊肘顶回去。女人倒吃一惊，又笑了，捉住小妹的手，凑到亮处翻来覆去看，说勾了面料上的丝。小妹抽不出手，任女人一个指头一个指头捋过去，纵然有千百句厉害话要说，却让眼泪噎住。最后，女人松开手，说道：要买才能摸！还在小妹身上摸一把，言语和动作透露出猥亵，小妹终于哭了。

　　已经走远的张建设和小弟折转身找她，见她僵直着身子，站在树影的暗处，看不清脸，觉得有事，却想不出什么样的事。张建设说：看中什么了，咱们买！小妹说：不要！扭头就往来路去。那两个疾步跟随，张建设想再看河上的船，却也只得走了。走到宾馆，分头进房间，张建设和小弟说了会儿话。这妻弟本来口讷，和姐夫又生分着，不过是敷衍。于是，相继洗漱，各自歇下了。张建设注意听隔壁小妹的房间，没任何动静，反有些不安。倘若有个短长，怎么向修国妹交代？势必早去早回。

明日出发往南京，当晚就夜车返回。家里还有许多事，缴贷款，收租金，船上的马达要保养，筹划着给舟生办百日酒。想到舟生，不禁生出万般的欣喜，忽然间归心如箭。

以后的行程都按张建设计划走，将小弟送进学校，立即领小妹奔车站。小妹没提什么意见，听从姐夫安排，这也有点反常呢！顾不上多想，晚上八时整，登上京沪线快车，向北去了。火车启动，有一段经过市区，华灯夹道，广告和路牌在空中勾勒出红绿的线条和立方体。旱桥下的车流是光的河，惊鸿一瞥，不夜城滑出视野。晨曦中，车到明光站。张建设下车上船，修国妹在码头等他，小妹独自回校。

下一年暑假，小弟回乡探亲，就已经是陆上人家，不再有晕船之虞。家中常住只有爹妈，但处处有姐姐的手：专给他辟出的单间，桌椅床柜，一应用物俱全；白粉墙上贴了各样奖状证书，是从小学中学到大学；藤书架上是学过的课本，还有闲书，以武侠小说为主。自此，每年寒暑两假他都回来。不晓得姐姐在哪片水上，饭桌上的鲜菱角、野茭白、鸡头米，分明走船人放下的；房间里的新跑车、随身听、澳洲的羊羔皮，种种稀罕，不也是走四方的采买？临近岁末，姐姐姐夫带着小外甥，一帮人呼啦啦进门，他倒跑开了。至亲就是这样，不见想，见时躲。

　　隔年的寒假，添了园生的啼哭。小弟向来怕吵，从功课里抬起头，寻到摇篮跟前，用眼睛瞪视。瞪到她收声，忽地笑了，才知道彼此是喜欢的。再到暑假，园生已经满地走。牵着绕到屋后，穿出山墙间的夹弄，上了堤岸。抱起园生，看河上的船。仿佛看见了自己，也像园生这么长短，负在姐姐背上。后来，下地走了，一根绳子拆两股，分别系在姐弟腰里；再合一股系在舱门的柱上，就像一对拴着的蚂蚱。拖拽着跌倒爬起，脸对脸唱"拍手歌"，船在身下摇，竟一点儿不晕呢！

　　再后来呢，园生换了舟生，一个跟船走了，一个留在岸上。都是姐姐的亲骨肉，喊他舅舅的人，但和那一个亲，这一个远，就像姐姐和姐夫的区别。总之，每每回家，都有变化。

这三年里，小弟硕士毕业，直升读博。小妹头年高考落第，下年再落第，直到这年，考上皖南一所师范。姐夫手下的船翻了倍，自己的那一艘雇了船工，专做几家老客户，不为生意，为的情分。县里买下商品房，受政府奖励，落了城镇户口。二老留恋这院子，弃船上岸，还没住热乎呢！因此姐姐一家先过去，舟生眼看上小学，县里的学校自然好过镇上的。园生呢，要进托儿班，乡下可没有这个。修国妹不跟船了，管岸上的交道，兼顾孩子。好比快刀切菜，顺遂的日子总是疾速的，回头看，都要吓一跳，竟然走出这么远。

不单是他们，四周围也都变得不认识。县城拓展了，原先城关的分洪闸一下子到了中心区域，成为地标。土路铺上柏油，栽种行道树，甚至立起信号灯。平地起来高楼，码头的河滩修筑台阶，辟出方场，围一圈花坛。露天汽车站现在玻璃钢顶棚底下一排排连椅，日光投进来绿莹莹的，班次增添十数趟，公路向四面八方辐射，交汇，输送人流和物流……

无数河汊被填埋，主干水道变得拥簇，往来繁忙，显得格外兴隆。事实上，别人也许没注意，却躲不过张建设的眼睛。他看到，水运的总量在迅速下降。不说别的，轮渡客就在减少。数一数停泊点的船家，也在减少。

最关系生计的，货单在减少。连他这样的老码头，都吃过退订，也有的是买他面子，勉强维系着，同样躲不过他的眼睛。陆路比水路时间短，运载多，吃用开销低。汽车就像公路破出膜的鱼籽，反过来，汽车又催生公路，他不也买了一辆上海牌小车？更要紧的，就是乡镇厂式微。这一波兴起的都是织印、建材、五金、小化工企业，流程简易粗疏，快速获利的同时也快速污染环境。河面上肉眼可见柴油漂浮，码头上水客的号子声不知何时沉寂下来，替换的是打井的钻机轰鸣。街上人家，院子里巷道里，甚至机关驻地，都在开凿地下水。国家垂直省、地、县，一路设置环保部门，眼看关闭潮就要来临，内河里的船运也到收尾。就在这时候，发生一件事情，张建设的转折不能说直接起因这里，但却是关键性的推动。

这就要说到李爱社了。张建设不是介绍他到明光镇上的窑厂做销售？头两年业绩不错，人脉铺得很广，都有浙江的订单。浙地的自由经济分外活跃，温州那一带从来没有消停过个体买卖，旧时代叫作投机倒把，军区都动用直升机冲击交易市场。世道轮转，到今天却应了潮流，成为先驱，连山林海岛河湾都允许私人买卖。俗话说，穷算命富烧香。自古来"淫祀"的传统，收敛几十年，这时候又续上香火。乡里村里，街里巷里，起来无数寺庙，一边是砖瓦需求量大增，另一边则用地紧凑，供应不足。于是四处进货，听起来也合乎情理。张建设每回遇书记大伯，多是喜讯。最近的消息，是在上海开发业务。虽有夸张之嫌，但这是个勇进的时代，只有想不到，没有做不到，所以也信了。其实，以张建设的眼光，是可看出破绽。他多少有点存心的，半睁半闭地，让开了，不想让书记大伯扫兴，或者，也怕给自己惹麻烦。

　　可是现在，麻烦来了。那窑厂里有张建设的熟人，否则也不能走人情。事后知道，李爱社主管销售，从簿记看，收益涨幅明显，但至少一半用于推送渠道，并且不断扩大，相应之下，汇款就有限了。工人日夜加班，一批批出货，上船上车，一溜烟地不见影，打水漂似的。当然，三角债已经遍及全社会，到处都是讨债的人，谁也脱不了钳制。但是，刨去正当的债务，或多或少，总也有盈余，否则，办企业为什么？李爱社的做派和口气都是宏大的，高屋建瓴，乡下人哪里是对手！每一次结算都被他吓回去了。这样，终于到了发不出饷也开不了工的日子。李爱社造下的亏空，即便在账面上也盖不过去。那些浙江、上海所谓的铺货点，他声称投资失败，全是虚拟，实际是吃喝交际，再加受骗上当。这才叫山外有山，他设套，人家设套中套，箍桶似的越箍越紧，终于逃不过了。

民间的习俗是讲私了，第一，老百姓怕见官；第二，打官司费时费钱还伤面子；最后，就算胜诉，把人打进大狱，就算两清了。窑厂的本钱，一半集体，一半集资，关门熄火，于公于民都不好交代。厂领导商议，还是要找个居中的人顶事，冤有头债有主，顺藤摸瓜，就到了张建设这里。张建设先吓一大跳，紧接的念头是，他逃不掉的，两边都是他的人！于是，毫没有犹豫，一口应承。他没有去李爱社家找人，生怕他父亲难堪。但岳父母却上来了，说书记大伯去了家里，都哭了。就知道，不能有片刻拖延。

事情简单得很，两个字：还钱！说起来，张建设有了事业，钱却不如没事业的时候凑手。怎么说？那时候，哪怕只有一块钱，也是自己做主的；现在，百万家财，却是套在人家手里。所谓人家，或者银行，或者房产商，或者发货送货的上家和下家。有他欠人，也有人欠他，需要变现了，才能挪动。最终，他决定卖船。因是急着出手，价格降了一二成；单方面中止期约，又补偿租户违约金。所以，三不值两，一条船不够，再加一条，把李爱社的饥荒平掉了。这一切都是张建设和窑厂直接过从，事主都没有露面。

交割完毕，张建设即登门书记大伯家，报告结果。大伯低着头，发顶花白，原本一条壮汉，却已经是老人了。张建设想到那句老话：你养我小，我养你老。但不好出口，人家是有儿子的，为什么要他养？自己受的恩情，做儿子都不够还的。

说不出话，屋里屋外看一遍。大伯不抬头也知道他看什么，遂说道：那冤孽去南边！其时，"去南边"往往是奔前程的意思，心想，李爱社要东山再起。紧接又怀疑，起得来吗？究竟不好细问，也不便多留，像是邀赏似的，说了声：保重，大伯！起身走了。

下了台子，过去村道那边，进自家小院。家前家后打理得更加齐整，豇豆棚葫芦架一层高一层低，底下爬着南瓜藤，已经结纽，二老的日子很兴旺。朝屋里喊了声：走了！岳母跑出门，就只看见一个背影，上了河岸。

李爱社的事故，让张建设提前收拢船东的生意。卖船的经历又一次敲响警钟：内河运输的黄金期在颓势上，他们的机动船也老旧了。而且，这些日子他放空船任意漂流，不知觉中从淮水到洪泽湖，再到运河、邗江、长江，直下江西九江，临鄱阳湖，烟波浩渺中折转，溯源而上。原先密集的河汊多半填地修路，主河道架上许多新桥。涨水期里，河面淹到桥台，稍大些的船只便无法通行，行话叫作"闷桥"。于是，尚存的支线就拥挤不堪，就像城市交通高峰时段的堵车。他不赶趟，就总是让和等。看一条大船从洞口露头，渐渐出来，舱棚顶上站一个小女子，短裤短衫，抬腿举手，嘴里嚷嚷着，不觉笑起来。因为想起修国妹，初次遇见的样子，大不过这孩子的年龄。心里就又着急起来，不知道此时此刻，她带了舟生园生在做什么。于是开足马力，左突右进，竟然在一团乱麻中挤出缝，针似的穿过去了。从小没有家的人，总是特别恋家。

张建设还去看了姚老师。姚老师调往公署分行任贷款部主任，随了升职，底下的弟妹情况也改善许多。弟弟们搬出老屋，乡下的父母便回城安居，本来在船上住的四弟，在城关买下农业人的宅基地，造起三层楼房。县城扩大，又将城关乡纳进，倒成了中心区域。那条船还在手里没放，张建设只当送他，租金有一期没一期的。当年脚无寸土之地，如今已横跨水陆两界。

姚老师迁往公署所在地级市，住进银行自建的商品房小区，象征性收取费用获得产权。房屋装修得像五星级酒店，又收拾得干净，进门是要脱鞋的。穿了尼龙袜的脚一步一打滑，姚师母的性情也变贤淑了，亲自下厨，中午饭是在家里吃的。

姚老师胖了，眼角的鱼尾纹抻平，至少年轻十岁。最明显的是精气神，轩昂起来，像个做人事业的人。不知道本来如此，还是文明风气陶冶。姚老师家的菜式非常清淡，在出力人嘴里，可说索然无味，恨不能张口要一碟咸菜下饭，但看起来姚老师家不会有咸菜。酒是好酒，师母却限得很紧。姚老师呢，量也减了，二三盅就上头，眼圈红红的，仿佛要流泪。

张建设说到转向的计划，诚恳请求：还要请您帮忙！姚老师回答了一句奇怪的话，等一些日子过去之后，再回想，方才明白其中意味。姚老师说：我和你张建设的交道，最是清白！

半年以后，张建设投入新行当，就是拆船。不出他所料，内河上的营生正发生更变：货运上了陆路，客运呢，演变成旅游项目。兴隆的土木工程诞生出另一碗水上饭，挖沙！载着起重机和链带的挖沙船，像坦克，又像炮楼，威风凛凛行走河道，似乎象征一种前所未有的力量的雄起。淘汰的旧船先是流向二手市场，再从二手市场溢出，流向废旧物处理。到了这里，价格几近倒挂，送的要向收的缴钱。

姚老师透露给张建设信息，地方政府开发工业园区，选址在淮、浍、涡三河交集处，开始启动招商引资。发展是硬道理的草创时期，农村土地流转活跃，可说是最低成本。趁此机会拿地，远算近算都是划算。问题是拿来以后怎么办，一不能闲置，二是必在实体经济范围，越出去就需要无数批文——如今，专有一行，倒卖批文，都是通天的人物在做。姚老师告诉说：像我们草根社会，见都见不到其中最末的一个！

　　也是机缘，年前，张跃进回家探亲。走的时候还是孩子，此时一长条汉子。个头比哥哥高，肩膀也宽起来，说话有胸音。没有穿军装，穿的是便服，一件皮夹克。新疆那地方，九月下雪，非皮毛不可抵御，所以，就是寻常物件。果然，拉开行李箱，一件一件取出来，帽子、手套、靴子、围脖、羊毛毡子、狗皮褥子，整张的狼皮，眼珠子绿莹莹的，像在看人。堆了一床，屋子里顿时弥漫了动物油脂的膻味，老少都惊呆。反过来，张跃进也是惊呆，少小失怙，记忆中，就没有家。忽然间，平地冒出热乎乎一大伙子人，上有老，下有小，他还做了叔叔。那舟生眼馋他的夹克、军靴、军帽里印着的番号，粘在腿跟前。胳肢窝夹他起来，跨到脖颈，就这么在村道上走。

张建设跟在身后，渐渐走到前面，领上了河岸。兄弟俩并齐站着，同时从兜里掏出烟，互相看看，哥哥取了弟弟的，陌生的边地的牌子。对了火，抽一口，几乎呛着，怪异的气味，咳几声，咽下了。两人没有多的话，只看堤底下的船，哒哒的马达声响，仿佛从很远处传来。幸而有舟生天问般的发问，两个大人都不及回答，方才不至于冷场。不过，亲兄弟之间，再生分也是血脉偾张，烫心！

老家的院子里住了两天，便随兄嫂去城里的新楼，比平房逼仄，但居高，可远眺。张跃进再一次惊叹，这小县城和大都市有何差异？当年新兵出发，就在两条街外的武装部上的卡车。望过去，找了半天，才看见鸡窝大小的一个院落，夹在楼缝里。

那几日，有一搭没一搭的，张跃进也知道了张建设的规划，就说部队里有一个老乡兵，是县委大院的子弟，早一年复转。走前家里就定好工作，水利局做科员。他正想看战友，哥哥不妨也去，兴许能得到什么信息，张建设说好。两人扒拉些干鲜水产，事先并不通知，凑个星期天，直接拍上门，果然逮了正着。

亲不亲，战友情。两人见面，一个大拥抱，推开来，你一拳我一脚，再拥抱。反复数次，气咻咻地歇手，这才看见门口还站着一位。张跃进介绍是哥哥张建设。战友亮着眼睛道：原来是你哥，早听说了，大胆创业勤劳致富，上过县榜的！张建设说不敢当。张跃进又惊呆，哥哥已成名人。这一天余下的时间里，都是战友和张建设说话，张跃进倒成了陪客，他并不觉得受冷落，还高兴自己能为哥哥扩展人脉，不一定帮得上多少，总是聊胜于无。

战友比张跃进长两岁，叫海鹰，是干部家孩子常起的名字。"海鸥""海燕""海鸽""大海""小海"，他们大院，就有两个"海鹰"。幸亏不同姓，否则就要搞混了。父母是从总参下到省军区，再到地方人武部。那一年，海鹰小学三年级，说一口北京话，人长得白净，在县城里显得很突出。应该说，县委的子弟因政治地位，相对优渥的物质生活，多有一种轩昂的精神。海鹰又更特别些，出生大城市，完全没有本土气息。

这些外来的家庭对儿女都有着长远的规划，他初中毕业没升高中，直接入伍了。一是上山下乡运动还未过去，上面的哥哥和姐姐都当兵，按政策他跑不了插队落户，于是未雨绸缪；再则，军队出身，子承父业，下一代多半也是从戎的道路；事实上，还有第三条，部队系统好比一个大家庭，自己人总是方便照顾的。

海鹰很快入党，提干，无奈他不喜欢军旅生活，不像北京大院里长大的哥哥姐姐。他在地方上，就算县委宿舍，还是避不了"老百姓"习性——这是从战争年代流传下来社会分野的称呼。所以，海鹰因散漫不受拘，在参谋一级上复转。本来有机会到公署和省城工作，但也是县城生活的影响，他就喜欢这个地方呢！早已经学会本地话，时不时，遭到哥姐笑话。比如，硬币说成"毛疙"，头发说成"头毛"，盛饭叫作"垛米"。他交下了朋友，不只干部子弟，也有"老百姓"。这就是他的好处，没有门户之见，甚至，"老百姓"的吸引更胜一筹。

后街背静的巷道，鹅卵石路面，自行车轱辘咯嘣咯嘣响，喊着同学的名字，柴门吱一声开了。杂院里，东家西家的披屋，挤出巴掌大的空地，支着铁鏊子，底下烧着树枝。面糊划一圈，竹签子一抹，再一挑，啪，翻个身，一张薄饼出来了。晚上留饭，吃的就是它，当地人称"烙馍"。卷进配菜——桌上至少七八小碟，小鱼、虾干、肉丝、蒜薹、芫荽、黄瓜丝、腌萝卜、臭豆子、鸡蛋皮……老话说，隔锅饭香。也怪他们家的伙食太过程式化，主食分干稀，菜分荤素，从饭堂打来，盛进搪瓷缸，提回家直接上桌。母亲一来上班，二来没手艺，难得下厨，不是生就是煳，他家的锅都是煳底的。他和他的朋友，在哥姐的眼睛里有点"俗"，也是"老百姓"的同义词。但有一项，不得不服气，那就是，这些朋友，无论男女，长相都十分周正。前面也说过，可能临水的缘故，或是远涉种族，此地人多样貌好。朋友中有一个姑娘，传说正和海鹰处对象，这大概是他要回来的最主要原因。早恋，也是地方上的一个特色。

就这样，张建设认识了海鹰，由此，走进县委大院。

四

    这是一段激情四射的创业生涯，走过的路可用一句旧诗形容："山重水复疑无路，柳暗花明又一村。"拿地，立项，验资，注册，企业建制，技术引入，设备购买……曾经帮过的人，现在都成了帮他的。驾着上海牌小车，在纵横交错的公路行驶，自觉像一只蜘蛛，将散落的人和事网织起来。脚踩油门，简直要飞起来。身后的喇叭一迭声响，催促他不得有一时喘息，他催促前面的，也不让有一时喘息。都是急切切的心，赶往各自要去的地方。间或想起家人，他们在做什么呢？大的上学，小的托儿所，他们的娘，得一日的闲空，满城里找房子。他们要租一间办公室，只一间，因是从最底做起，就紧着手脚。修国妹也开一辆车，比他的高一级，桑塔纳，插空就开到乡下园子。二老种的瓜豆，结了果实，来不及采摘，落地再长新一茬。船上人都眼馋青绿，盆罐里栽葱韭蒜薹，舱顶下挂一个竹笼，里面是青蝈蝈，叫出来的声，也是碧翠。闺女来，必载一车的新鲜菜蔬，再打回头。顺道接回孩子，做一桌好饭，等他回家。小弟小妹读书，都在近边的城市，最远的张跃进。新疆那地方，仿佛天边，但男子汉大丈夫志在四方，可不是，有升迁营级的迹象了。人人安稳妥帖，十年 —— 莫说十年、七年、五年，甚至仅仅一年前，都想不到的圆满。他毕竟年轻，又正在风头上，难免忽略某些迹象，等到后来，回想起来还是有破绽可查的。

说起来和正事无关，不过是旁枝错节，那就是小妹。自去芜湖上学，头一年寒暑两假都未探家。第二年，学期中间忽回来一趟，称是实习路过，第二日便起脚出发了。

下一年，小弟博士三年级，得到公派美国的名额，临行前的假期，家人嘱他到芜湖，带小妹同行。到学校宿舍，却说人已经退学。再到学生部，辅导员是新留校的研究生，都没见过修小妹，只知道是勒令退学。接着就到了校办，刚接手人事的老师检出档案，竟然记录有一次警告，一次察看，原因都是违反校规，甚至受警方训诫。具体情节没有体现，为保护学生，不影响以后发展，通常都隐去了。

小弟大惊，也不敢追问，在他有限的社会常识里，退学、警告、训诫，这些词汇全不存在。匆匆回家，不敢告诉爹妈，怕吓着他们，只和姐姐说了。

修国妹初听也是一愣，静下来又觉正在意料之中，小妹从来不是个安分的人。她先瞒了张建设，让小弟送两个孩子上学校和幼儿园，自己开车去乡下。记得小妹上次来家，哪里都没去，倒去了爹妈处，兴许留下什么线索。

父亲在园里收南瓜，直接抱了磨盘大的一个装进车后厢。

母亲问小弟小妹到了没有，修国妹说小弟到了，小妹在考试，再说上年回过一次，今年就不一定了。

母亲告诉，来到的那日，先去她书记大伯家，自己家里只站了站，丢下些东西就走了。哪个要她东西？要她的人！母亲说。

修国妹是什么心，玻璃心！瞬间明白小妹专来打听李爱社，那么，十有八九往南方去了。

转身到书记大伯家，问李爱社的地址，说有生意上的问题咨询。大伯扯下一张日历纸写给她，说：那回小妹咨询李爱社，这回换了大妹，也要咨询李爱社，他倒成了香饽饽！修国妹更有底了，放下两瓶洋河大曲，告辞了。

晚上，张建设回家，修国妹才将这一段的你来我往说出来，接下来就要看他的了。大忙的时候添乱子，心里惭愧，言语上难免迟滞诘屈。绕了一时，对方终于听懂。接过字条，见是广东佛山，盘算盘算：正巧，在广州买了一辆蓝鸟，连人带车就开回来了。修国妹直想道一声谢，夫妇之间到底说不了这样见外的话，停了停，叹出一口气：我们家的人真不省心！张建设抬头看了她，正色道：什么我们你们的，一家人！

修国妹红了眼睛，起身叫来小弟，两人轮流询问一番。这小弟眼皮子底下的都看不见，隔好多层，越问只有越糊涂，就放他睡觉去了。关起门继续讨论，数点出许多往事，都是危险的。一味想象，除去害怕，并无补益，便收起话头，打点了睡觉。

次日早晨，张建设带了个司机，直接驶往蚌埠火车站。车留下，等到了广州，提出"蓝鸟"，两人换手开回蚌埠，再各开一辆。修国妹为他们计划，铁路、高速、找人、自驾返程，黑不宿，白不歇，也要十个早晚。没料想，第七天夜里，出门的人就到家了，带回一个人，不是小妹，是李爱社。

小妹比上面两个晚生，连头带尾不过三年和五年，差不多是挨着，却像两代人。因是最末的那个，爱娇的日子仿佛没尽头，永远当她小。她也仗着"小"，任意索取，多少有些盘剥家人的感情，也可见出，秉性里缺少忠厚。某种程度上，是要归于社会的潮流。自我觉醒，个性解放，启蒙运动往往这里开花，那里结果，思想革命普惠大众，总是最利己的那部分。所以，就让她有理由随心所欲，百无禁忌。稍做一点规矩，便反讥为"过时"。

家里这些人，她唯一有些怵张建设。同属于过时的人物，但不得不承认张建设自有独到之处，比如，对她的着装，别人多啧啧称奇，张建设却质疑说，想出蝙蝠衫的人未必见过蝙蝠，真要见过未必会学样，脚蹼连到手指头，瘆人不瘆人？当时不服气，不多日子，这一款悄然收场了。关于牛仔裤的意见则是建设性的，横掌劈在膝盖处：这里铰一剪子才好走路行动！果然，时间过去，真兴起破洞的风潮，位置正在张建设劈过的地方。歪打正着里或许有点先知的意思呢。

从时尚趋势延展到事业，也是此一步看彼一步，彼一步看此一步，退一步进两步，拉锯似的走到今天。即便小妹这样没有历史感的人，偶尔都会掉头望一眼来路，觉得像做梦。她也是在船上出生，腰里系一根绳子，牵在母亲腰里，甲板上爬来爬去。有一次，翻出船帮，直落水里，让邻船老大的晾衣杆子钩住衣后襟挑回来了。两三岁的记忆，经大人们反复说起，方才有印象，却是另一个自己。

据李爱社说，小妹告诉他 —— 他不能辨真假，小妹的话很离奇，不大像现实中发生，同时呢，合情合理，可是小妹自小爱编瞎话。父母的偏心一半因为她小，另一半就是瞎话骗来的。那些甜蜜的陷阱，连修国妹都防不住要踏入，别说老实颟顸的双亲。再说了，瞎话也无大碍，做个好梦都是欢喜的，就只当小孩子淘气，谁料想如今却不敢信她了。

小妹告诉李爱社，到师范上学，是为减轻家庭负担，虽然尽着吃用，从不曾限她，可毕竟复读两年，等于多吃两年白饭，很不好意思 —— 这就是小妹迷惑人的地方，富于感情色彩，事实上，从没断过向父母兄姐讨要，还不包括背地里姐夫的接续。小姨子张嘴，能回绝吗？还要瞒着老婆，修国妹是要追个究竟的。

于是，她说，无奈之下，走上勤工俭学的道路。也是风气使然，班上老板的女儿，也在餐馆端盘子呢。听人说，她老爸出去吃饭，出手的小费就够她半年打工的收入。她修小妹也端过盘子，学校周围最不缺就是饭馆，补充食堂伙食的不足，大家称之"黑暗料理"。她打工的"海南鸡饭"是个连锁店，大老板在新加坡，从来不露面，各家分店由小老板负责经营。有一次，小老板去向大老板结算盈亏，特让她陪同，因大老板不太会说中文。要知道，新加坡教育有英语华语两类，中产阶层往往读英校，大老板就是其中一个，所以，需要翻译 —— 说的英语。

别人没什么，张建设倒想起送小弟转车蚌埠，宾馆门口外国人"索来索来"的说话。正想着，李爱社忽一拍案：就这么着，和大老板对上眼！

修国妹笑起来：权当韩剧，往下走吧！然后，李爱社继续说：大老板在市里买一套房，让修小妹住。虽然离学校远些，但不必打工了，余裕正够补上路途的耗费。再讲，公寓的环境当然好过集体宿舍，小妹是个重视生活体验的人！

听到这里，大家都笑一笑，这话说得新鲜，也很准确，到底是南方来的人。李爱社继续往下：对外说帮亲戚看家，偶尔地，也回去睡一夜，打个幌，那大老板从此也不住酒店，有了落脚，样样妥帖。然而，百密也有一疏！

原来，小妹在学校有男朋友。即便和大老板同居，两人依然维系着关系，一半障眼法，另一半，大老板不经常来，大多时间是一个人，难免寂寞。那孩子有几次到女生宿舍找人扑空，耳边又吹来风声，接下来，无非是吵架、盯梢、堵门、赎身似的交付分手费。还是咽不下这口气，竟然以卖淫报警，总之，地震一般。就算校方不勒令退学，小妹也只有一个"走"字。从爆发到平息，大老板都没有露面。又过一段日子，新房客上门了，这才知道公寓并非"买"，而是"租"，且租期已满——事态变得严重，同时呈现真实性，听的人收起谐谑的态度，紧盯着李爱社。

然后，就是寻人的旅程，凡有连锁店的城市，小妹都去了。于是知道，有连锁店的城市都有一个家，男主人总是在出差。最后，小妹去了新加坡。

这一节又有些不像了。出国，即便是新加坡这样的亚洲华人国家，对于内陆人也是难以想象。可是，想不到不等于做不到，国门开放了，左右都有远渡重洋的人。他们家不也有个小弟，去的还是美利坚。落实到小妹身上，却又成了妄语似的，她凭什么呀？

无论如何，情节到了高光阶段，李爱社也激动起来。小妹在新加坡终于找到大老板的家，照顾到里外面子，小妹称自己是来读书的学生，那大婆——单这一地，就有大婆，二婆，三婆——开始很冷淡，抱着警惕的态度，后来，渐渐松弛下来。小妹年轻无邪，出言天真，带来很多趣闻。要知道，大婆、二婆和三婆的生活是很沉闷的。终年炎热，四季不分，镇日闲坐，菲佣包揽所有的杂务。她们只有两个去处，一是教堂，二是购物。教堂每周一次礼拜，购物呢，也是单调的，只有夏装。秋冬装也有，供旅游出行用，但外面的世界令她们害怕，冷和肮脏。她们最爱说"肮脏"这个词，旅馆肮脏，饭店肮脏，厕所是肮脏之最，除了自己家，都是肮脏的，只能守在家里。做什么？麻将。大老板若是在 —— 这种概率很低，正好一桌，其余时候让最长的女儿充数。可人家要上学，上学的年纪刚过，就要拍拖。底下的儿子，喜欢运动 …… 现在，小妹补上了缺口。

小妹在新加坡的日子，大多是在麻将上度过，心想：难道这就是嫁入豪门的生活？再有大老板 —— 中间回来，进门看见小妹坐在牌桌，不禁吓一跳！大老板在中国西装革履，堂堂一表人才。在这里，则汗衫短裤，夹趾拖鞋，汗湿的头发底下，露出谢顶的迹象。脱掉金丝边眼镜，裸着一对水泡眼。这是她要嫁的男人吗？他们私底下外出，去的是牛车水，令她想起中国大小集贸市场，还没有这样的热。大排档里吃福建炒粉，蚵仔煎，也是热，汗流水爬的。他答应给她一笔钱，足够做个小生意。她还了个价，说要做中等生意，拍板成交，第二天她就离开了。

之后的讲述渐趋于平淡。小妹得手这笔钱，回家问了李爱社的地址，掉头就往东莞去了。对自己的经历，李爱社说得很简略，做过工厂、贸易、餐饮，都是与老战友合伙。小妹来到的时候，正在一家台资企业高层管理的位置，他替小妹寻工几家公司，需从办公室小妹做起，这"小妹"不是那"小妹"。小妹没有应工，见过大世面的人，东莞这地方显然盛不下她了。

　　修国妹问小妹看起来如何，李爱社回答乍见面没认出来，细细看原来是瘦了，化了妆，穿得很新潮，比先前漂亮许多，也成熟许多。说罢看了修国妹一眼，仿佛将两人做比较。

　　这姐妹俩分属不同的类型，姐姐任哪里都是圆和饱满，杏眼，桃子脸，苹果般的腮帮。妹妹则处处尖利，单睑的吊梢眼，几乎插入两鬓。薄削的鼻翼，双颊也是薄的，锥子似的下巴颏。以乡下人传统观念，姐姐无疑好看过妹妹，现代美学却不同意，会给小妹两个标签：时尚和性感。所以，小妹便刻意强化。眼影抹得很重，鼻影粉也是，唇膏用一种巧克力色，在雪白的粉底上重新画出一张脸，神秘的魅惑的惊艳。

李爱社停了停，犹豫着，欲说还休的样子。修国妹心跳得很快，又不敢催他，只是静等。

小妹来东莞，不是一个人！李爱社终于吐口。那个人是谁？修国妹问。就是她原先的男朋友。听见这回答，修国妹倒笑出来：这才叫起大早赶晚集！李爱社正色道：这就是大妹妹和小妹的不同，你讲的是目的，她讲过程，好比"看山是山看水是水"到"看山不是山看水不是水"，最后又是"看山是山看水是水"！修国妹更要笑了。张建设止住她，问两个人怎么相处的。这话问得很含蓄，但都知道其中的意味。李爱社说，同来同往，同进同出。回答也很微妙，接下去就不好深究了。

此时，张建设和修国妹才注意打量面前这个人。自打窑厂那门官司之后，他们第一次见到，两边都只字未提。这边是顾忌那边脸面，那边却也无一点愧色，这边就更不好说了。和所有南方来人一样，也是黑，在李爱社，黑里又有一层黄，长膘的缘故吧，肚腩起来了。腰里束一个尼龙小包，除此没有其他行李。

看出对方两人的疑惑，李爱社向后一靠，说道：这次回来是看看内地有什么项目，可以与沿海地区合作。去南方的日子，见识了开放的社会，就觉得过去太拘着手脚，错过许多机会，现在也还来得及，当迎头赶上！

话题进入另一个领域，修国妹并不关心。张建设则敷衍着，问他倾向于哪个行业，有没有预期计划，或者范围设定。得来的回应是：你张建设有用得着我的地方，尽管开口！好的，张建设说。从东莞一路过来，就已经了解李爱社的状况，没什么可商量的，远兜近绕，最后还是张建设。好在，新起的公司里，位置是宽裕的，只是不敢委以实权，便专配了虚职，公关科长。听起来过得去，却不涉及业务。

至于小妹，修国妹叹气道：看造化了。继而又说：倘若那个男同学真娶了她，也算正途。张建设不禁笑出声来：什么时代了，照联合国年龄划定，还是青年人，却老八股脑筋！修国妹不服气：圣人怎么说？男有分，女有归。张建设笑得不行：说你老脑筋，你就倚老卖老。修国妹正色道：千条江河归大海，不信我们走着瞧！

张建设晓得女人是特殊物种，不按规矩出牌，凭的是感觉。不再与她争，但两人都同意瞒着父母。问起来，只说去了新加坡。二老不知道新加坡在哪里，张建设解释"南洋"。"南洋"就懂了，戏文里有"下南洋"的说法。之后，过一节编一节，蒙混过去了。

回想起来，这几年像做梦似的。一夜间，沿河滩十数里地都归了自家；又一夜间，滩上排满废旧船；再一夜间，卷扬机开来了，焊割的电火闪得半天亮。旱坞、水泥路、一间跟一间的工棚，接连冒出地面，随之而来的是人，空手的、带工具的、单个的、携家带口的……开头，修国妹还给工人们烧饭做菜，自己忙不过来，就雇人。先一个，后两个三个四个，脱出身打扫饭堂。饭堂也在扩大，一间，两间，三间。她掮起扫帚转眼被抽走，说"老板娘我来"。

现在，遇人都称"老板娘"。她不喜欢这称呼，可是怎么办呢？又不能堵人家的嘴。只有一个人称她"师娘"，就是从泗阳跟来的小工，如今叫大工的。他也上了岸，公司里管收旧船，车辙水路，四面八方，所以难得见。还有一个不称"老板娘"的，李爱社。叫的是乳名"大妹妹"，她也不喜欢，就躲着走。渐渐地，和工地疏远了。

他们又搬家了，从公寓迁进别墅。也是一夜间，县城扩得很大，周围的几个乡都划进，行政改为"区"。别墅坐落城北，靠近淮河，倒和修国妹原先所属的县域接近。东南风的季节，能嗅见酵酸的气味，眼前就浮现那铺了酒糟的横竖街巷，赤膊的男人用木耙推着热气腾腾的褐色渣滓，河面上吹来湿漉漉的风，小城上空便氤氲笼罩。太阳当头照下来，看出去的景物仿佛漂移流动，恍恍然的，心里有一股郁塞。

现在，这股子郁塞却是想念的。装饰新家打发了时间，她开车到蚌埠、南京，甚至上海，挑选家具、窗帘、墙纸、灯具，带回图样给张建设看。张建设看过后说：很好！是相信她的眼光，多少还有一点点敷衍。有几次，修国妹希望他同行，一起定夺。他实在脱不开身，只能联络当地的朋友陪她。那些朋友尊称她"张太"，虽然不惯听，但总比"老板娘"文雅些。他们称她家"张公馆"，这就叫人忍俊不禁了。挑选好东西，从仓库或者产地直接发货，回家等着查收即可，余裕的时间还可作些游览。

进到大城市，她就有些怵开车，动辄得咎。逆行、压线、大转弯小转弯，外地牌照的禁忌更多。幸亏有张建设的朋友。她坐在副驾驶一侧，看窗外的街道，只觉得人多，车多，熙熙攘攘，说不定就有一个小妹呢！小妹杳无音信，她的心情也很复杂，既等消息，又怕消息。不知从什么时候开始，小妹的消息总是凶多吉少。抬手拉下遮光屏，景物变得绰约。

朋友引导，她去到许多名胜，领略许多奇境，大开眼界。看的地方多了，难免混淆，反倒平淡了，却也有不期然的感动。比如上海青浦的一家木器厂，老板与她称得上安徽大同乡，但在皖南，黄山脚下的休宁县人，木匠出身。自明清时候，盐业兴隆，商贾人家聚集，修宅造园，所谓徽式风格的建筑群指的就是那里。近些年，社会主义新农村的规划拆除大片老房子，老板他便将些窗棂门楣屏风照壁收了，往上海出售。先是几件几件，后来竟一幢一幢，梁椽檩条编了号，运过来整体复原，供给会所公馆 —— 那可是真正的公馆。赚了些钱开工厂，专做仿古家具，渐渐有了名声。那工厂离市区很远，地名也很含糊，就走了些弯路，到地方已近中午，老板请吃便饭。说是便饭，也铺满了圆桌面，老板娘掌勺，做的都是家乡菜。隔一条长江，就和修国妹的地盘不相同。臭鳜鱼、咸肉冬瓜、炒青蒿、土鸡清汤。夫妇俩都长一张团脸，很喜气的样子，装束打扮、待人接客还是乡俗的风气，饭碗压得瓷实，菜盘堆尖，西瓜在井水里镇冰，切成大块，刚咬个芯子便夺走递上新的。

修国妹想起她和张建设创业的经历，他们都是生逢好时代的人，凭靠一双手打下小天地。出于这心情，她格外多买几件东西，一具立柜、一张案子、两把官椅、四个绣墩，还有一条长凳，原木锯板，带着疤眼，自有一种野趣。可见得，老板并不拘泥仿古，也吸取现代因素，另辟蹊径。

定好发货的时间地址，互留姓名电话，下午三四点往回走。和来路一样又错了方向，车上人笑说这一天是鬼打墙日。车开进村落，门户关闭，鸡犬无声，下车走几步，见几个老年人坐在树荫里。趋前问路，彼此都听不懂话，是口音的缘故，也不尽然。磨了一会儿，知道已经过了地界，到了江苏，所以文不对题。村道边有一座小庙，门前独立一株银杏。按惯例，相对处，原先应还有一株。推断下来，那庙至少缩去一半，地形也改变了。题额却是新写，赫赫四个字："觉海禅寺"，仿佛有所来历。寺门虚掩，推进去，迎面一座佛，他们几个皆不通法，"韦驮""药师""托塔天王"地乱猜。暗处忽有声音起来：阿罗汉也！这才看见斜侧矮几后坐一僧人，面前排着香烛、签筒、认捐簿子、纸笔砚台，还有一具木鱼。就商量抽签，每人买一对红烛，一束线香，点燃供上。依次跪在蒲团，先磕头，再摇签，哗啦啦跳出一支，忙忙拾起，到和尚处兑签文。

修国妹也凑兴摇了一支，题为"春兰秋菊"，请师父解释。本想替小妹求的，句句倒像说自己。兰菊称不上花魁，都是清远的品格，虽然季季绽开，但只是个中平签。修国妹自以为好命，同时又是劳碌的命，所以就很认。那师父却说：中平签其实最好。为什么？修国妹问。师父笑道：女施主有没有听过这句话，月满则亏，水满则溢？修国妹不禁"哦"了一声。

后来，修国妹时常想起这句话。可是，怎样才叫作"满"呢？张建设的拆船厂正式挂牌，用"舟生"取名。舟生这年十二岁，修国妹怕小孩子根子浅，顶不起，反而折

福。张建设又笑话她老脑筋，执意这两个字，不仅体现了
事业起源的历史，同时呢，可不是吗？舟生无疑要接他父
亲的班！从现在起，舟生就被当作接班人培养。小学毕业，
张建设托人送去江苏常州一所重点中学读书，修国妹是舍
不得的。她自己幼年在寄宿中生活，知道孩子的社会有多
少粗粝野蛮，她的强悍有一半是在那时磨成的，才能护佑
小弟，不让受欺凌。内心里，她有些把舟生当小弟，或者
反过来，把小弟当儿子。正由于母亲的心情，她看出这两
个孩子秉性不同。舟生颇有几分胆气，三九天里，和小伙
伴打赌，光着身子扎进河里。于是就有另一种担忧，怕他
闯祸。想到这里，她倒宁愿他受点委屈，也不做霸蛮的"老
大"。

　　舟生刚入学的时候，周末开车接他回家，周日晚再送
去。后来为往来方便，专在芜湖市买一套商品房。但计划
安排很快作废，这所升学为目标的完中，制度十分严苛，
堪比军队。周六周日都排了课时，每月只半天休息，临近
考试，半天也没了。而考试又格外多，期中考，期末考，
模拟考，测试考，小考大考，周考月考。她只能扣准中午

或晚上的饭点，在校门口小餐馆，叫一桌菜等人出来。时间总是局促的，舟生打仗一般到厕所换上干净衣服，匆匆吃到一半，上课和自习的铃声透过高音喇叭传过来了。修国妹一个人坐在桌边，等服务员打包买单，然后带着一摞餐盒，还有一包脏衣服——团着舟生的体味，只有做母亲的才嗅得到，驱车回程。

在这匆遽的见面中，舟生长成威武少年。像父亲年轻的时候，又不全像，因要高过半个头，显得颀长，骨肉匀停，是没有受过劳力之苦的身体。看着他，不由惊喜地自问：是我的儿子吗？儿子长大了，让人高兴，但也变得生分，话少了许多，甚至，一顿饭的时间都没有交谈。最后，吃饭取消了，只剩下换洗衣服的交割。这是和母亲。

和父亲呢，也是生分的，表现在一种敬畏。他崇拜父亲。公司每月开例会，逢舟生在家，就带去旁听。不管听进听不进，都能一坐到底。修国妹问会上说些什么，也是与他热络的意思。他回答得很简单，三言两语，似乎将母亲排除在业外。有一次听他称呼父亲"张总"，"张总"也

前面说了，工业园区选址在淮、浍、涡，父汇两岸三地。自清代中期始，黄河水枯改道，借此河口转入南北大运河，即成要道。直至上世纪六十年代，往来还很繁忙。但因泥沙俱下，历年淤塞，行不得大船，渐渐式微。如今遗留三座石桥，就是当年盛景的证明，列为当地保护文物。岸上星散几家粮油店，一座水泥三层楼房，山墙上写着省属粮库的字样，从外形窥察内部结构，大约几度改造以适应用途。终也挽回不了命运，彻底荒废下来。

张建设早就瞄准这地方，无论租还是买，船从水上过来，拆成散件直接走陆地出去，又有大片的滩地作业。至于地上物，则大可废物利用。旧楼房供仓储，以此为中心，扩建食堂宿舍办公，再延伸店铺旅社。新业兴起，周遭自然形成小社会。纵然有一天，拆船没了市场，附属或成主体。张建设就是这点与人不同，眼睛总能看前一步，谈不上远大，只这一步就足够转开舵了。这一步也是时局所赐，国企正清债清偿，从头来起，否则怎么敢小虾吞大鱼？他没有野心，是行动派。当年一无所有进城去，不知道前面等着他的是什么，但是一步一步走过去，自然看见了。

现在，张建设要行动了。迎头第一件事，是资金。他有钱，当然远不够投资，更重要的，他懂得用于投资的钱不是自己口袋里掏出来，而是银行贷出来。贷得越多，信誉越好，也越贷得出。于是，选一个星期天，再去找姚老师。经过又一轮城市化改制，县级市成为区，划分给两个地级市管辖，他所在的区正纳入原先的公署，延续了之前的行政隶属。

这一次的造访却不太顺利。他先去到姚老师家，公寓门紧闭。按几遍铃，并无应答，于是再去姚老师上班的银行。银行搬了地方，扩大门面，营业厅如酒店大堂，顶上一排排牛眼灯，底下大理石地面映着人影。信贷部的窗口闭着，想起是周日，除存取款部开一扇窗，其他都停业，只得退回来。

最后，还是门口的警卫，曾经见过几面，悄悄与他说：姚科长出事了。虽然早生出狐疑，还是咯噔一下，顿时不知所措。稍定定神，问什么样的事。警卫没有直说，大概也说不清楚，但告诉姚科长现在的住处。其实就在原先的片区，但不是大户型的高层，而是后面的老院子。这新住宅原来以机关宿舍旧地参建开发，半福利半商品，科级以上职员都有权申请，但公务员的工资距离买房，即便大大低于市场价，也难以企及，银行显然是高收入人群，所以能够轻松拿下。

穿过一片空场，场上堆着建材和建筑垃圾，缝隙间裸露出枯黄的草皮，显得颓败。走进连排平房的夹道，两边的门都敞开着，贯通前后。星期天的早晨，家家在洒扫和烧煮，小孩子溜着旱冰鞋追赶，铁轮子擦过水泥路面，哗哗地响。阳光照射，气氛倒是蒸腾。越往后去，越拥簇，刚入职不久的青年，二三人合住，或者新婚夫妇独一套，还有房屋置换进来的社会人口，成员多而且杂。东西和人从门里漫到院子，再漫到巷子，索性盖起披屋，几乎把过道堵死。

他侧着身子拐几个弯，走到不能再走，倚墙搭一个小院，盖了玻璃钢顶棚，就知道是姚老师家了。敲几下门，没人应。再要敲，门上忽开一扇小窗，把他吓着了。窗里是姚师母的脸，罩在玻璃钢的蓝光里，看起来很奇异。里外对视着，双方都没说话。门开了一条缝，他侧身进去了。

院子很小，不过三四步深，放了几盆花草，也泛着蓝光。是个小小的横套，门厅一头卧室，另一头并列厨房厕所。地方局促，收拾得却十分干净，但更显出冷清。他把手上的东西放下，蒲包里是虾蟹，礼品盒是参片和虫草。姚师母向地上打量一番，吐出这么一句话：只有你来看我们。

中午饭在姚老师家吃的，张建设下厨。带来的蟹蒸了，虾是氽了，蘸酱油醋。炒一盘蔬菜，冰箱里有现成的肉馅，和面包了饺子。单身生活的训练，虽然歇了多年，一旦上手全回来了。主客二人开一瓶洋河，对饮起来。因为酒意，也因为难得有人说话，姚师母变得饶舌。张建设插不进嘴，就只是听。想这女人不容易，跟姚老师并没享多少福。先是拉扯小叔子小姑子，终于熬出头，却遭遇事 —— 从姚师母滔滔不绝的诉说，他终于明白姚老师犯的事名是受贿。信贷部门总是有许多人围着，已经不像当年，他初次见姚老师的时候，谁也不敢试水。现在，供不应求，难免会有疏漏。姚老师就受了举报，师母说，一个小小的科长，手里有限几个钱，得不着的以为你欠他，得着的发起来，也未必想到分给几个红利！张建设不由脸红，自己分明也是其中的一个。师母倒没有这个心，一味地喊冤，将对面人当作知己。看她眼皮肿着，不知道流了多少泪。此时涂上配色，有点像戏台上俊扮的面相，头发蓬着，演的是苦情。

　　建设，她喊他的名字：你听说没有，命里七斗，莫求一升，你姚大哥就是个穷根，怎么得来，怎么还回去。她摊开手，转着身子：一眨眼空空荡荡！我是尽其所有退赔，少让他在里面受罪，最后算作九万贿款，一万一年，九年刑期。将跟前的菜盘往中间一推：只有你，建设，还来看我们！

　　她的笑容让张建设害怕，避开眼睛，回四处看看，问：孩子呢？他知道姚老师有一个女儿。

　　在省城上大学，师母回答，依然沿着话头：建设你和姚老师最清白！

　　张建设想起同样一句话，出自姚老师的口，不禁有些激动，端起酒杯：我敬师母一杯！

师母一仰脖，干了，继续说：你要小心，飞鸟尽，良弓藏；狡兔死，走狗烹！张建设方才想起师母是中学语文教师。是的，他应道，又问：女儿什么时候毕业？

一年半，师母回答，接着方才：你是能人，做庸人一世平安，能人就不定了！师母半个身子伏倒在桌上，一瓶酒见底，她一人喝了十之七八。

不能再喝了！他站起身，说：女儿毕业，我这里永远给她留着岗位！

师母抬起头，仿佛从梦中醒来，看向他，动着嘴唇，最后说出一句话：建设，你要小心！

张建设去了一趟省监狱。姚老师并不如他想的颓唐，由于起居规律，生活俭朴，面色倒比在外面清朗，显得年轻。看到张建设，说：我知道你会来！

监狱管理有序，尤其对这类经济犯，晓得之前做过大事业，有身份，就格外给予些方便。接见是在一间大厅，摆了许多小桌，亲友见面说话，仿如自由的日子。两人说了很多，姚老师感叹：这是个群雄竞起的时代，机会和陷阱一样多，要步步留心。意思和师母一样，但环境不同，深浅也不同，多少是痛楚的。

张建设留了一笔钱，记在大账上，供姚老师买些需要的吃用。告别说：以后再来！姚老师回答：欢迎欢迎！两人都笑了。张建设发现姚老师其实是风趣的人，过去绷得太紧，不大觉得，如今松弛下来，露出真性情。

五

　　追溯起来，事情变化从小弟归国开始。舟生上中学也是同一年里，多少因为牵挂的缘故，让她忽略了端倪。

　　小弟公派美国读了博士学位，再读博士后，延宕下来，由公转私。那一年，美国向中国移民发放大量签证，本以为小弟会因此变换身份，长期居留，不承想，他偏偏回来了。起初，可说风光无限。国门打开，地方上不乏出境深造的青年。但小弟是衣锦还乡第一人，县长都出面宴请，特特要见父母亲大人，感谢养育一个好儿子。二位老人一生未曾见官，坚辞不受，结果就让大姐和姐夫代表了。到场还有一个人，与小弟同行的女同学。

　　席面上，修国妹说了些礼节的话，此外就只是应答。

她倒也不怵，但没有太大的谈兴。小弟本是个闷嘴葫芦，这些年在美国生活也没锻炼出什么新气象。没去过的人以为大码头，身在其中才知道，人地两疏，四顾茫然，更加局促逼仄。具体到小弟，美国就是个实验室。告诉你都不相信，连迪斯尼都没去过呢！自然说不出什么见闻。似乎比走之前更木讷些，眼睛直直地看人。实在被恭维得紧了，就看姐姐，竟是可怜的。

幸而有张建设，懂酒场的规矩，代小弟喝敬酒，又敬对方，还挺会逗趣。那女同学是个大方人，也有些量，不主动出击，但来招接招，添了些气氛。否则，局面就尴尬了。逐渐地，张建设和女同学成了主角，修家姐弟这边清静下来，两人都松一口气。

小弟回来，是应聘美国在上海的一家分公司，说休息几日再去报到。一日挨一日的，就不提上班的事了。住在姐姐姐夫的别墅里，那里有的是房间，还都套了浴室，吃饭也是现成。虽然雇了烧饭的女人，但小弟的吃食，修国妹顿顿亲手调制。眼看着他脸上长了肉，也添了血色。

有一日，看他在阳台，扶着栏杆吹口哨，是一支未曾听过的曲子，轻松愉悦的旋律，跟着也快活起来。上海公司的事情似乎都被忘记了，修国妹有几次想起来，打算提醒一声，话到嘴边又滑过去。其实呢，也是有意忽略。小弟则没有一个字说到的。

姐弟俩都很满意这样的生活，有时搭伴去常州看舟生，再有时和园生逛街。比较起来，小弟和园生在一起更有趣些。舟生个头与舅舅一般齐，骨架却硬朗结实，气度也强悍。小弟在跟前，难免瑟缩了。园生是个女孩，百事与她无关的样子，近视眼镜后面，目光迷蒙。小弟喜欢耍她，耍的套路很幼稚，也很单调，不外乎藏起东西任她乱找不到，或者要这个给那个。比如去麦当劳，现在，二三线城市也有麦当劳了 —— 辣椒酱当番茄酱，翻来覆去的几招。园生就吃这个，每一次都像第一次，大惊和大喜，舅甥俩乐此不疲。逢到年节，舟生从学校回家，再接来乡下的老人，满当当坐一桌子。修国妹依次看过去，缺一个小妹，但有人顶了缺，这人就是小弟的女同学。

女同学名叫袁燕，不知谁起的头，都称她燕子。反是小弟，依然叫大名，很郑重的态度。关于袁燕，小弟提及不多，修国妹怀疑他本来了解得就少。燕子自己说，她是个爽朗的姑娘，很快就和家里人稔熟起来。她说，父母是邢燕子一代的下乡学生，"燕子"这名字显见得从这里来的，落户在皖南与苏北交界的天长县。按后来上海知青的救济政策，满十六岁子女可有一名回沪指标，燕子一九八〇年到上海，读完高中，考入大学，录取的法律专业。大三年级公派留学美国，硕士阶段换了会计专业，公费转自费，继续学业。她和小弟认识就在这时候，一家华人超市，小弟结账后走反方向，从收银处回进商场，再要出去被保安拦住。正不知所措，燕子来了，从一满车方便面和老干妈底下翻到收银条，这才脱身。接下去是找车，小弟又忘了自己的车型和颜色和车牌号，因是刚买的二手车。两个人推着购物车东西南北几个来回，到底没找到，燕子就送小弟回去，发现两人的宿舍只隔了一个街区。第二天，小弟收到警局的罚单，原来他停车不合规矩，被拖车拉走，让他去交赎金领车，又成了燕子的劳务。一生二，二生三的，最后成了一对恋人。

他俩的学校在美国中部的俄克拉荷马州，美国大陆的腹地，幅员辽阔平坦，校区还算是个小社会，校外几乎就见不到人。刚去的日子，需要应对学业和生活种种繁缛，比较充实。等安定下来，一切归于常态，就不免感到沉闷了。同是异乡客，加上邂逅的方式，在这乏味的地方，称得上传奇呢，结缘再自然不过了。

从某种程度上，小弟回国是因为袁燕回国。上海的聘约更像和袁燕，而非小弟。最大限度的可能是作为袁燕入职的条件，小弟得到一份或者半份工作，工作的内容也或许和专业有差异。这样的配置的身份，总归让人不舒服，即便像小弟隐忍的性格，也很难忽略。如此就可以解释小弟迟迟不去赴任，一日一日延宕。

小弟出国前基本在寄宿中度过，没有太多对日常生活的概念，此时回到家，且又是非比往昔的家，方才体会个中滋味。在姐姐的照应下，姐姐像小妈妈，他打小就很粘她，他忽然意识到这些年的苦楚，真是孤单寂寞。后来有了袁燕，好些了，可是能好到哪里去呢？一个人的寂寞变成两个人的。袁燕的兴趣比他广泛，广泛又怎么样？至多不过开车出游。风景是好的，却更让人惆怅。还有同学间的聚会，各家带一个菜，他和袁燕算是一家 —— 他们各自退租原先的房子，合租一套单元。男女同居有一半从经济出发，当然，还有情欲，健康年轻的身体的正当需要。最初的刺激过去，趋于平常，就是单纯的生理性质了。

聚会中，小弟是最寂寞的那个，出言干枯，行为乖僻，理工男大都是这样的。与人交道，不晓得怎样开始，开始了又不知道怎样结束，自己都为对方难堪。倘不是袁燕主动出击型的性格，他大约一辈子交不上女友。现在，同样为袁燕不平，必须和无趣的他朝夕相处。出游、聚会，再有购物，仿佛回到事情的原点，他和她不就是购物遇上的吗？仿佛暗示生活的周而复始。尽管叫人提不起精神，但没有袁燕主张，他也不会做出回国的重大决定。

小弟的人生都是被推着走的，他不会拗着来，从某种方面看，算得上顺其自然。是因为惯于服从，还因为命运照顾，他没有遭遇过危险，比如像小妹这样。小妹已经几年没有音信，爹妈渐渐不再问了。他们也相信顺其自然，不是小弟天性里的消极，而是世事磨砺，变得通达，不知道就当它不存在。再说了，没有消息就是好消息。若不是这般苟且，做父母简直死路一条。

袁燕在上海上班，每两周来一次，就像一对通勤的夫妻。修国妹将整个三层清理出来，重新装修一遍，等他们正式结婚后搬进去。两人的关系看起来是稳定的，但摩擦也少不了。有几次，闭紧的房间传出争执的声音。说是争执，其实就是袁燕一个人发言，最后，摔门走人结束。

修国妹决意不管他们的事，可到底放不下，听几句壁脚，正合她的猜测，是为小弟工作。还有几回看燕子脸上有泪痕，趋前要问，未及张口，那人就如受惊的燕子，嘟一下飞走了。不问也能体会袁燕的委屈。想来她应聘这个公司，大约有一半替小弟谋职，兴许原本有更多的选择，不得已放弃了。这是个独立上进的女孩子，比小弟强。

修国妹很清醒，小弟需要的就是这样的人，尽管内心有点妒忌，妒忌两人的好。也因此，袁燕和小弟龃龉，她心情是复杂的，又忧虑又有一点窃喜。但终究是理性的人，依着劝和不劝散的古训，依然循喜事的规矩，先上门觐见袁燕的大人，再接来他们家，双方正式会晤，摆了订婚酒。

按知青子女的福利，袁燕在上海有了户籍，父母退休便落叶归根。无论政策和人情，都是从此出发，但善政之下，具体的处境却各有苦衷。知青子女落户，首先要征得原生家庭的同意，大家都知道，上海人口稠密，住房紧凑，本已经达成平衡，再介入新因素，和谐面临危机。往往这一关上，就遇到阻碍，欣然接受的也有，断然拒绝的更有。大多数情况是有条件协议，所谓"条件"无非不参加房屋分配。

　　袁燕回来的时节，祖父母都已离世，叔伯家就靠不上了，好在外公外婆还在，做得了主，户口顺利迁入。说是外公外婆，其实是舅舅舅妈家，面上和气，内里却处处设防。老人家守持中立，也费了苦心。人事之复杂，堪比一个小社会，足够成年人招架，莫说十六岁的孩子。

　　即便在这样局促的环境里，袁燕依然认识到大城市的优势。夏天晚上，和邻居小伙伴 —— 与人亲善的性格帮了她，到哪里都交得上朋友，一伙小姑娘走过弄堂，满地铺开竹榻躺椅，简直插不进脚。穿出弄口，一阵凉风扑面而来，身上立刻滑爽了。是海上的风，沿着楼宇间的窄缝，溜过细长蜿蜒的直街，到了黄浦江面，激荡起来，将她们的裙子鼓成一朵花。

江边防波堤几乎全被恋人占满，一个钻进去，臂肘顶开，然后一个一个进去。别人拿她们没办法，傲娇的蛮横的年龄。凭栏望远，风里灌满江水的咸腥，江鸥飞翔，带着一点亮。轮渡突突突驶过去，对岸黑压压的农田，几座大烟囱。对面人看过来，就能看到她们身上镶着的光的轮廓，是城市之光。只要三分钱 —— 三分钱怎么也省得下来：上学的公交车少乘两站，七分钱就变成四分钱；早点吃一根油条尽够了，省下一个咸大饼，又是三分钱；系辫子的玻璃丝、手帕、小塑料钱包，稍微紧一紧又是几分钱 —— 买一个轮渡的筹子，就可以从浦西到浦东，再从浦东到浦西，随你几个来回。

船到江心，回头看，殖民时期的欧式建筑呈弧度排列。石砌的塔楼，窗檐，廊柱，拱门，仿佛古代征战的工事，囚禁着抵抗失败的俘虏，失去王位的太子公主。野蛮人登上宝座，床幔里躺着压寨夫人 …… 海关大钟敲响了，钟声是新政权的颂歌，旋律分解成单音，在夜空中曳尾，流昼似的，消逝在天际，阁楼上闷热的睡眠由此添了梦境。

当然，单靠这个是不足以支持的，袁燕有着相当务实的头脑，生来如此，也是生活造就。她明白，自己实际就是一个楔子，将父母在这城市里挤出去的空间重新再挤回来。艰苦是艰苦，她又不是生于斯长于斯，谈不上什么乡愁。上海给她另一种赠予，她的衣服鞋袜是上海产的，她家的菜肴是上海式的，什么都要放些糖。她多少是存心，说话尖团音不分，这让她和他们一家与众不同。遥望的光荣是一回事，身在其中又是一回事，正因为如此，她更珍惜大城市生活的价值。对上海后天培养的喜爱，使她很冷静地将它视作一种回报，回报她小小年纪寄居外亲的屈抑和惶遽。

高中毕业，袁燕考上大学，住进学生宿舍，但户口也随人迁出。前后脚地，表弟占住阁楼上她的床铺。表面上看，是退出来，事实上是更深地介入，她有了独立的身份，不再依附于人。外公外婆日渐苍老，更仰仗舅舅舅妈照顾，父亲母亲来上海，都落脚在袁燕的宿舍，母女合睡，父亲则到男生那边找一张空床。许多本地学生原则上住校，却宁愿走读，也要回家。

除夕夜，在外公外婆家吃过团圆饭，三口人来到空荡荡的校区。万家灯火，春晚的歌舞声从窗口流出，汇合在城市上空，仿佛与他们无关。分离两年，时间不长，却是关键阶段，她从孩子长成大人，彼此变得生分，在一起，没太多的话说。她在心里向老天发誓，要替父母在上海垒个窝。

大三那年，外公外婆家房子动迁。她听到消息即去居委会、街道、拆迁办，出示原有户籍；并让邻居写证明信，她的户籍目前虽然归入学校，但实际是房屋的同住人。舅舅舅妈自然不情愿，可挡不住外甥女的一句话 —— 大学毕业，她将合理合法回到原有户籍。同时呢，让渡名下一部分利益。要不是舅舅收留，怎么能进上海？ 她说。

于是，得到一笔补偿款，加上父母的积蓄，还有她做家教的收入，多一点是一点。同学牵线，董家渡买下一间棚户，只八九平方，却是私房。想不到第二年又逢拆迁，这一回就得到一套一室户的简易工房。远虽远，但按照城区扩大的速度，很快就接近中心地带。父母提早办了退休，回到上海，她呢，公派美国。

上世纪的九十年代，所有事情似乎都有着既定的步骤，自行错落次序，既不超前，也不落后，向着目标走去。目标也是既定的，潜在于行动之中，可以将它归为运势，但并不因此减免困难，这就要看你能不能克服。

袁燕决定回国，是有考虑的。她知道，"人生来平等"的美国，可说对移民最无偏见。但凡事都分先后，第一艘登临新大陆的"五月花"号，决定了英格兰天主教的首席位置，像他们这样非我族类，需从败势求优势，那就是母语和母国。

周围的同学多有归去的意向，大多止于务虚，只有袁燕投出简历。大部分没有消息，几次面试，也无疾而终。她并不失望，有当无的，一份一份地投寄。不期然间接到聘书，立即辞去现职，收拾行李，带了小弟上路。

当然，在谋求发展的大前提下，异域生活的沉闷也是不可忽略的因素。同时呢，中国正逢活跃的变革时代，上海既不是深圳的全新，又不是内地的古旧，恰正处于新旧交集，前生今世和未来衔接的节点。她不像根生土长的父母一代，对这城市有执念，而是抱客观的态度，能够充分认识其中的机遇。

　　自从将十六岁的女儿送去上海，父亲母亲就再不干预她的决定。回来上海，难免会有惋惜，他们还等着她结婚成家，和很多家长一样，去美国帮着带孙子呢！美国是个神奇的地方，寄予人们许多想象。但也称不上十分失望，女儿在身边终究有照应些，尤其是这样的女儿，有哪件事她看错做错过的？况且还带着一个毛脚女婿。他们见过小弟几面，袁燕领去家里一次，外面吃饭又一次。他们都喜欢这个白面长身、轻声细语的男孩子。有同样的留学背景，重要的是他苦孩子出身。他们不愿高攀，儿女亲家如何交往？

　　后来，男孩的姐姐上门拜访，更留下好印象。修国妹并不是成见中乡镇企业家的老板娘，满身名牌，披金戴银，当然，开了一部好车。他们不懂车，只看见这辆车的漂亮和干净，车里走出的人却很朴素。厚密的头发剪到齐耳，削薄的刘海下一双清澈的眼睛，显得年轻。白衬衫，牛仔裤，系带跑鞋，像一个女教师。后备厢里装满新鲜瓜蔬，自家腌制的腊肠咸鲞风鹅，还有一屉素馅包子，说是她自己蒸的。当场吃了两个，烫嘴。他们甚至觉得这姐姐比袁燕更像女儿。

修国妹对他们也有一见如故之感，让她想起当年大队的下乡学生，上了岁数就是这般模样。他们从颠簸的日子过来，受许多煎熬。两人乘一班长江轮离开上海，因学校不同，落户地就也不同，上码头就分开，各在县辖底下南北两个公社。但两人都是乒乓球手，业余一级和业余二级。上世纪六十年代，全国上下大力推动乒乓球运动，于是就在县级比赛中碰面，然后结缘。

说起年轻时候的往事，脸上有了神采，肤色光润起来。其实，他们不过比修国妹年长十来岁，半代人的差异，姻亲关系则是上下辈，她原本代表父母出面的。

修国妹从做父亲的容貌看见袁燕的轮廓，端正的脸模子，下巴略略见方，显得有点硬，但唇型的曲线是柔和的。颀长的身材却随母亲，因父亲是中等偏低，想到乡里有俗话，爹矮矮一个，娘矮矮一窝。她很为袁燕庆幸，继承了双亲的好处。

后来，两人争相说话，结果母亲占上风。修国妹想，将来袁燕和小弟，大约也是这样的力量对比。

母亲告诉她，他们替县乒乓球队打出成绩，升级地区队比赛，再借用到省队，但迟迟不能转成正式编制。

你知道，体育是青春饭，她说：耽误不起时间，眼看小队员一茬一茬起来，我们不能在一棵树上吊死！

赛事里度过的年头，已经错过几轮招工。于是，他们做了一个选择——修国妹认定出于女方，袁燕也像她，杀伐决断，是竞技运动之大要。他们毅然离开省队，回各自生产大队。原先的集体户凋零了，或去工厂，或推荐上大学，也有迁移走一去不来。

这段日子，母亲脸上浮起红晕：总是他——指着父亲，三小时自行车路来她地方。再三小时车路回自己地方。有一回，河上的石桥冲塌了，就又多两个小时绕路。

父亲插进嘴：幸好搭上一架拖拉机！

母亲又接过去：到的时候已经半夜，听到门响，同住的女生吓坏了。你知道——她看着修国妹：那女生一人的时候，常有痞子敲门呢！

我知道，修国妹说。

半年后，大批次招工来临。这时候，他们的运动特长又用得上了，倒不是体育，而是文艺，文体一家嘛！事实上，也是一次杀伐决断。天长县和江苏接壤，江苏和上海接壤，淮南则是安徽内陆，地理上远一步；但是，淮南煤矿开创于上世纪三十年代，总部设在上海，渊源上近一步。再有一项胜数，就是农业户口进入城镇，称得上改换门庭，你知道！

我知道，修国妹说。

没什么可犹豫的，双双去了淮南矿务局。一个在子弟中学教音体美，另一个，即袁燕的父亲，下到煤矿机械厂生产科。逢到系统职工乒乓大赛，分别代表学校和工厂出征。

这时候，他们已生疏了球艺，兴趣也淡了，渐渐退出，一个转任语文老师，一个改做供销。就在这一年年头结婚，年尾生下袁燕。

修国妹暗中一算，少小弟九年，心有触动，男女相差三、六、九，乡俗以为忌讳呢！再想，什么时代了，鬼都投胎做人，张建设又要笑话她老脑筋，随即放下。看跟前二位，就觉得袁燕这位新人类，和他们旧人通了款曲，变得亲近了。

修国妹邀请袁家父母来她家县城的别墅。小弟去接未来的岳父母，舟生接爷爷奶奶，孩子们向来这样称呼外公外婆。舟生这年十八岁，刚考得驾照，特别喜欢开车。

园生本来要跟小舅一起去接人，修国妹不让，怕挤着了大人。先有些不悦，但很快过去，听母亲使唤搬这搬那，打点客人的食宿。这孩子性子忒好，让人又喜欢又担心，想她将来要嫁给什么人，能不受欺负。

向晚时分，小弟的车到了，却没有袁燕，说公司加班，晚些自己来。修国妹难免介怀，自己的大事不上心，只推给别人。人多事多，忙起来便忘了。张建设自小失怙恃，没有亲家见面的环节，总归缺点什么，这回正可补上。小弟是家中的独子，两位老人分外重视，洗浴梳头，穿了新衣服，拘手拘脚的。好在燕子的爸妈岁数矮一截，合着长幼尊卑的礼数，恭顺得很，渐渐也放开了。

张建设从来把修国妹家当自己家，老的是爹娘，小的是弟妹，担着长子的身份。经他做主，当晚是亲友会，关起门不对外，下一日才是订婚宴，摆在酒楼里。张建设的意思，说是家常饭，也请厨师来办。修国妹却不同意了，坚持亲力亲为，让帮佣的女人打下手，又叫来大工做采办运输。

凡师娘开口一声，大工他立时拍马赶到。食材都是新鲜，做法全是老土荏子。红泥炉子托着双耳陶罐，炖的红菜：走地鸡、四对猪蹄、鲍鱼海参；生铁架上铜铫子，是白汤：千岛湖的大鱼头、河蟹剁成两半、条虾、蛤蜊、蛏子；炭锅里是全家福：猪肚、鸡鸭血、蛋饺、鱼肉圆、冻豆腐、白菜、粉条；鳌子上是烙饼，卷着馓子、炸酱、土豆丝、炒鸡蛋，无数小碟子间插在硬菜底下的空当里，臭豆子、老香干、酸萝卜、油辣子、芝麻盐、煮花生、腌蒜瓣，数不过来。在这乡下的桌面上头，是枝形吊灯，一周一周的花苞状的灯泡中间，一束水晶流苏，直垂下来。

上海来客惊呆，想不到社会发展的神速。这小小的县城，不要说和大城市比，即便是美国白宫 —— 他们从电影电视没少见白宫，那素白的一座，里面又能如何？一路驱车过来，已经见识许多奇峻的建筑，黄金顶、紫琉璃、翘檐挂了铃铛、大红的斗拱、锥尖上立着一只五彩公鸡……都说上海是都会，把内地都叫成"巴子"，乡下人的意思。他们自己才是"巴子"呢！今天，"巴子"进城了。

酒和饮料是用小车子推上来的，那小车就像外国电影里的马车，高背、敞篷，车斗里各色各样的盛器，送到跟前，让自己选。他们哪里知道什么是什么，只觉得眼花。

张建设说：喝来喝去，还是中国的白酒最称口！说着，拔出一支细颈瓷瓶，身子上写着"五粮液"。于是舒出一口气。

等修国妹从锅灶忙完，落了座，这两人才有到家的心情。有她在，这晶莹剔透的天界方才回到人间，与他们有了关系。当然，张建设也很好，处处照应，且不显山不露水。

比较他和他们，更可喜的是他和岳父母之间，并不多话，爷俩脸对脸接火点烟，吐出一口，回肠荡气的。喝酒呢，也不碰杯，举起来眼睛看眼睛，仰脖干了，互相照一下杯底，贴心！不是俗话说的"半子"，是"多年父子成兄弟"。难免联想起自己，那毛脚也很好，但不会成这样的翁姑。同时呢，也觉得女儿有眼光，会看人，不单看本人，还看背景。这样想，是因为亲家比女婿更让人满意。

酒热饭饱，主客稔熟起来。张建设说：看袁爸袁妈很年轻，身体也好，何不出来做点事！

"袁爸袁妈"的称呼是港台的习俗，从电视剧和生意上的交游学来，用在这里很贴切，名分是两代人，年龄只在一半，不大好叫。

袁爸笑道：我们都不是有大志向的人，年轻时或许有一点气性，也让生活磨没了，能回上海，有落脚地，有退休金，人生不过如此！

张建设说：我并不是让二位发挥余热的意思，从早到晚，镇日守在家中，多少有点闷气。

袁妈说：他不嫌闷气，天天去公园看人下棋，上午一班，下午一班！

袁爸不服：开门七件事，都是我的业务，什么时候耽误过？

袁妈也不服：开门七件，闭门可是无数，我又何曾耽误过？

一句去，一句来，两口子永恒的对嘴，怨艾中小小的得意。

正说着，袁燕到了，席上难免乱一阵，错落交替着起让，她就近挤在园生的末座，隔了桌面向对面的长辈们点一点头。修家的老人没什么，袁家的则欠了欠身子，收住口角。人们再纷纷落回原位。

修国妹看出这家大的怕小的，感情有些疏远，于是尽力周旋，不使冷场。无奈两位就此沉寂，激励不起来了。修国妹暗自叹息。不意间，桌底下有手伸过来握住她的，是袁妈的手，就知道对方领她的情。

再吃喝一轮，张建设对了袁爸说：不蒙嫌弃，助我一臂之力如何？袁爸木瞪瞪看他，不晓得正话还是反话。

张建设接着说：袁爸是资深供销，公司就缺这样的角色。你想，整条船收进来，拆零了销出去，上家和下家中间穿针引线，走的是命门，自己家人才牢靠呢！

只见袁爸的眼睛一点一点亮起来，脸也红了，袁妈的手在发烫。修国妹紧紧回握一下，喉头几乎哽住，心里为老公叫好：真是个知冷知热的人，又担得起肩胛。这话题看似新起，其实接着前茬，抬举了大人，也是给小的脸面。

袁燕却不屑：我父亲 ——"父亲"二字让修国妹颇为刺耳，看她一眼。袁燕浑然不觉，兀自说下去：父亲做销售是上个时代，如今形势大变 ——

张建设做出一个阻止的手势，未及出声，"父亲"抢先开口了：万变不离其宗，比如乒乓球，球、拍、赛规都有变化，可战略战术，还是进攻和防守！

袁燕显然很少受爸妈抢白，涨红了脸，强笑着：乒乓是小球，真正衡量体育标准的是足球篮球。

"父亲"也笑了：女儿，不要看不起爸爸。中美外交怎么开始的，乒乓球，小球推动大球！

话扯得远了，却很机智，大家不禁鼓掌，事情就这么定了。

正式的订婚宴放在"水上人家"，张建设当年请姚老师就在那里。名号还是那个，形制已经大改。酒楼变成园林，绿树葱茏。原先有个水塘子，如今是一面湖，烟波浩渺，往东南连接到小溪河。小溪河至远可抵洪泽湖，那就没边了。餐厅分布在树林竹篱、亭台楼阁、湖心岛。他们包了一处水榭，额题"渔舟唱晚"，对面是人工垒砌的山崖，一匹瀑布直泻而下。廊下可垂钓，收获的鱼虾就送到灶上现做。

晚霞渐尽，渔火亮起，张建设凭栏望去，想起圣人的话，"逝者如斯夫！不舍昼夜。"仿佛看见多少时间过去，瞬息之间，所谓白驹过隙。可人事变故，又沧海桑田，不可预测。拿姚老师说，跌宕起伏，眼看触底了，半年前保释出狱，究竟柳暗花明。此时此刻，带了妻女也在席上。书记大伯老两口，李爱社一家，是张建设的大媒，牛不喝水强按头结了婚，倒沉下心来，年前生了个小子，做父亲的人，就不敢乱来。张跃进的战友海鹰，早两年辞去公职，过到公司做了副总，媳妇就是中学同学，本来家里最看不上眼的一对。有出息的都忙事业去了，父母倚靠的还是身边人，这时，也跟着儿子儿媳来凑热闹。单这三家，就是一桌首席。次一桌是自己家，第三桌，公司里的人，不是头面上，都是贴身的庶务。比如大工，比如张建设的司机，即姚老师家的"四"。帮厨的女人，整理园子的花木匠，拖家带口全上了桌。

事先，修国妹逼着小弟穿西服，白衬衫，打领结。袁燕呢，穿的是一袭闪光缎的长裙，外面压了件宽肩窄袖的小西装，真是一对璧人，神仙伴侣。修国妹拥住他俩，推到袁家爸妈跟前。那爸妈不由退一下，表情有些瑟缩。张建设接过人来，送去未来的翁姑。这两位倒坦然得很，做父亲的在儿子后脑掴一掌：人模狗样！大家都乐。袁燕脸上也闪过一点笑影，遂又收起了。

别人没觉得什么，修国妹却感到不安，这个开朗的姑娘，今天晚上，不只今晚，还有前一日，甚至更早些，变得矜持，不像她了。

座上人都在兴奋中，小孩子前后奔跑，争着投食给水里的鱼。青壮年开始划拳行令，老的叙起往昔，少不了称颂主人家的好光景。轰轰烈烈之下，修国妹也按捺心事，酒意上来，心跳得又轻又快，她坐不住了，一手持瓶一手端杯，逡巡敬酒。吉利的话想都不想，自己跃出口去，好比口吐莲花。

最后，敬到张建设，换了个大杯，碰在面前人的杯沿上：张建设，我们家的功臣，要是没有你，不会有我们的今天。我代我爹妈，弟妹，舟生园生，还有我自己，谢谢你！

旁边的园生，向来没见过母亲这样夸张的举止，皱起眉头：妈，你喝多了！

众人这才感觉女主人确有些过量了，可在场的谁不是醺醺然，陶陶然，说话没个斤两。翻江倒海中，唯有一人，就像强台风的风眼，纹丝不动——修国妹汪着泪的眼睛里，人和物都在打转，围着圆心，袁燕的脸。

修国妹自知醉得不轻，心里却明镜似的，一清二白。之后，她足足睡了两天，方才驱散酒意。很奇怪的，那一点警醒也退去了，再想不起来。

按乡下人的公约，订婚比民政局登记还算数。小弟这边的彩礼自然不在话下，令人惊诧的是，袁燕那边，竟然拿出三十万的陪嫁。如她父母这样的经历，不吃不喝，又能有多少结余？修国妹是从那日子过来的，晓得凭力气吃饭的有限。私下问小弟，小弟一脸懵懂。收，不落忍；推呢，怕伤人的自尊。最后还是收了——来日方长，从此就是一家人了。这么想，心里略好过一些。

走了旧礼，再行新法。修国妹专去上海，约袁燕到卡地亚买一对戒指，铂金上镶细钻，另有一对纯金无装饰的，正式结婚再拿出来，由新人互相戴上。

这桩大事办妥，接下来考虑的是小弟的就业。拖了年把，上海外企那头显然不再预留位置。和燕子间的争端平息了，修国妹就是从这里估摸出形势。看起来像是燕子妥协，另一方面也可视作放弃。因此，和谐的局面就变得可疑。但是，不已经订婚了吗？修国妹对自己说。要紧的是，小弟必须要有个工作。最近便的，就是自家企业。以前不敢夸嘴，如今，他们可称得上大企业！

张建设没二话的，立刻任命技术部主任，无论电气工程、自动控制、计算机数据，都不出小弟的专业。转天就去上班。公司总部建在三河口，粮库的旧址，目前只是一幢三层水泥预制件的楼房，但业务十分繁忙，人进人出，车来车往，周遭的商业服务逐渐带动起来，就有了复兴的气象。从别墅过去，四十分钟车程。小弟先还勉强，拖延着，修国妹硬是将他送去按倒。三天打鱼两天晒网地过了一段，有些喜欢上了。姐夫罩着，手下人都服他管。又真有几手，见识过现代化的工业运作，不能全用，只那么一点点，也足够了。所以就是轻松的。天天回家，吃姐姐做的饭。高速没有覆盖全境，走的是公路，虽然颠簸，却有风景可看。最重要的一条，自家的公司，不必依仗袁燕。小弟再孱弱，也是独立的人格。

就业的忙碌中，时间过去大半年，无论当事者还是局外人，忽然发现，这两人的婚礼，停止了进度，滞留原位。待后续跟上，再度纳入议事日程，不巧突发一件事，又延宕下来。

谁也没预料到的，小妹回来了。

六

　　姐妹俩面对面站了一会儿，小的一跺脚，大的眼圈红了，紧接着，怀里塞进个包裹，低头一看，是个婴儿。密匝匝的睫毛盖着，嘴里含着个奶嘴，睡得没事人似的。

　　修国妹一肚子的问题，让这"包裹"堵回去了：这些年在哪里？做什么？过得如何？等等。

　　回来的头几日，就在房里睡觉。包裹里除了人，还有奶粉奶瓶，纸尿裤，婴儿润肤液，所有行李都在这里。从孩子头皮上的胎脂看，刚足月的样子。食量却很大，眨巴眨巴眼，一满瓶奶就见底，吃饱就睡。母女俩像是欠了上辈子的觉，还都打呼噜，一声高一声低。

　　小的进食还在顿上，大的就没个准了。白日黑夜，开门坐到餐桌跟前，也不说话，等着上吃的，好像住店的客人。有几次大的小的碰上饭点，做母亲的眼睛横过来，落在孩子身上，睡意惺忪里忽然闪出一道精光。霎时间又收回，继续低头在碗里，然后再进去睡。

修国妹装没看见，心里宽一下：小妹再出格，也还有舐犊之情。孩子吃饱了，吐出奶嘴，看着喂她的人，睫毛展开一排翅子。修国妹觉得有点不对，又说不出什么不对，背脊上有点凉。把人抱到窗户边，日光底下，那一对滚圆的眸子，颜色变成很浅的黄褐色，好像夜里的猫眼。双睑很宽，噘起嘴唇，也是滚圆。

真是个洋娃娃，修国妹暗自说道，紧接着被自己吓一跳。可不是吗？这娃娃是个洋种！修国妹胸口打鼓一般，怦怦地响。解开褓褓，胖乎乎的胳膊腿，小肚子，也是浅褐色。赶紧裹起，竟有些发怵。

她离开窗口的亮地，走到小妹睡觉的房间，隔了门听见鼾声。怀里的小东西也睡熟了，排翅似的睫毛合上，投下一片阴影。这几天似乎又长大些，日前刮净胎毛，青森森的头皮又发茬了，隐约打着卷似的。

修国妹茫茫然踱开，脊背上的凉意忽变成燥热，身上烫得很，原来人还抱在手上，沉甸甸的。放下在摇床里，还是园生小时睡的。从老房子搬到别墅，一股脑卷来，想不到这时候用上了。

修国妹没有把这惊人的发现告诉人。现在，家里大多时间只有她和帮厨的女人，其余不是上班，就是上学，一律晨起暮归。

张建设隔三岔五出远差，从一地到另一地。袁燕倒比往常回来勤了，除周末外，中间还会有一二宿。登记和婚礼继续延宕，其实办不办也无所谓，都当她是家里人，修国妹也不像过去那么守旧。偶尔想起，心里会顿一顿，但很快转到小妹身上，放下了。

小妹结束了这种日夜颠倒的沉睡，恢复三餐一觉。修国妹把孩子交还给她，看她喂食，洗涮，换尿布，还是负责的，却不见她哄逗嬉耍，连笑容都十分少见。倒是眼睛里那种锐利的精光，时不时闪烁一下。

不知觉中，修国妹也传染上了，她审视摇床里的人，带着一种苛责：这东西究竟从哪里来的？ 视线移向小妹，小妹转过脸，避开了。修国妹暗自冷笑：一个娘肚子里出来的，心连心，谁不知道彼此！

这一天，修国妹推门进小妹的房间，看她收拾东西，不由一惊，脱口道：你要走！小妹抬头，两人又面对面。姐姐凄然想到：这几天的吃和睡还没养胖你！小妹的脸白得像纸，透得进光，鼻梁上暴出蓝筋。又想：月子里落下的根，再怎么养也难了。

姐姐！小妹开口了，都记不起小妹什么时候叫过她"姐"，口口声声"大妹妹""大妹妹"。生气的时候，则连名带姓"修国妹"，显得很严正。

小妹咽了一下，接着说：姐姐是世界上最好的人！

修国妹厉声道：你别给我来这一套！

小妹叫道：姐姐总是让我们，帮我们，是我们心里的靠山！

修国妹打断她：我才不要做"靠山"，难道欠你们什么吗？

小妹强硬起来：你是大的，大的就要管小的！

修国妹跟着嚷：你什么时候服过我管？你什么时候当

我是大？

小妹跺脚：当不当你大你就是大！

修国妹也跺脚：你当你小？

小妹连连跺脚：比你小！比你小！

修国妹跺得更响：我当我的大，你当你的小，井水不犯河水！

小妹回不上嘴，动手撕扯。修国妹用力一挣，小妹坐倒在地，嚎啕起来：帮我带孩子！帮我带一年，我保证领她走！

修国妹气急道：人在跟前你都走得开，一年以后能来？

小妹仰脸闭着眼睛，使劲地哭。修国妹的眼睛也湿了，依稀看见小小的小妹，和小弟争，争不赢。还窥视到那双小吊梢眼，掀起一下又阖上，狡狯的小表情。眼睛干了，跟前是青黑的眼圈，凹陷的脸颊，发顶上竟然有几丝白。哭喊停止了，因为没力气，剩下剧烈的抽搐，那身子薄的，纸片似的。

时光流逝，童年的爱娇，终也抵不过人生遭际！眼泪又下来了。两人静静地哭了一会儿，修国妹反手将门锁别上。

两条路由你自选，修国妹说。眼睛不往小妹看，凭声气知道那边渐渐平息下来。一条路，你走你的，但是必须把事情向爹妈交代清楚！

我有什么事情？ 小妹哑着嗓子说。

修国妹一笑：你很好，都是那冤孽的事，不能从石头缝里蹦出来！

小妹回道：十月怀胎，肚子里落下的，老天爷的事！

这强词夺理无疑是小妹特有，她倒不生气，反有点释然 —— 过去的那人没有绝迹，回来了些，于是又笑了：南瓜还要扑个粉，天下万物哪一样不是出自雌雄相合？

也有单性遗传！

修国妹说：那你就和咱爹妈说明白这个遗传道理。

小妹翻了个白眼，还要强辩，被修国妹止住了：第二条路，什么也别说了，把人带走！

小妹嗫嚅道：带哪里去？

修国妹说：该去哪去哪！

小妹不作声了。修国妹不禁有些得意，从小到大，从来没有钳制过这个妹妹，小弟也没有，他们向来都是输家。

于是，到好就收，留下一句：不用现在回答，什么时候想好再说！跨过地上的包裹行李，出了房间。想了想，还是把门反锁，钥匙揣在口袋里。小妹不是个认理的人，倘若一味来蛮的，怕是挡不过她。

这一日的午饭和晚饭，都是帮厨的女人送进去，里面的人倒也安静，没有发生抵抗的行为。第二天安然度过，第三天也是。修国妹看出人已经辖制住了，便开了锁。却不敢走开，坐在底下餐桌边听动静。

午后，大人小孩都歇着，修国妹有一时盹着。猛醒过来，对面是小妹的脸，相隔一张长桌，又远又近地看她。便将眼睛迎上去。两人都不开口，就像小孩子的游戏，"我们都是木头人，不许说话不许动"。

最后，还是修国妹撑得住，小妹先说话。有没有商量！她说。

当然，修国妹说，都是大人了，讲道理的。

小妹移开眼睛看了窗外，庭院阳光下，晾杆上的衣衫在飘动，五颜六色，蝴蝶似的。

小妹说：我要不走，你怎么和爹妈说？她用下巴颏点了点摇床的方向。

修国妹眼睛不抬：地沟里拾的！

小妹逼进一句：你拾的！

这就是小妹，惯会甩锅。但关要处依了自己，枝节让她一步又有何妨？好！她说。显见的小妹舒出一口气，心里冷笑：真让她走，她也没地方可走，不如顺坡下驴！

这样，一大一小留下了。老家的爹妈过来，看到小妹，欢喜都来不及，来龙去脉就不问了。至于孩子，乡下人向有拾猫拾狗的习惯，拿命当命，见怪不怪。看那小东西哪里都是圆鼓鼓的，还取个小名叫"核桃"。至于大名，修国妹做主，姓她姓，是她拾的嘛！交一笔钱落下户籍，从此家中添个人口。

私下里，修国妹问了孩子出生日期，才知道，其实还在月子里。于是调羹做汤，从头补起，小妹的脸圆润起来。

有一回，见她坐在院子的葡萄架下，树荫盖了一身，怀里裹着个东西，一拱一拱的，原来是小家伙在吸奶头。小妹早已经没奶水了，母女俩在过嘴瘾呢！

修国妹悄悄退回屋子，没有揭穿，却生出欣慰，小嘴叼上奶头，就再甩不脱了。这是没人的时候，当了人面，走路都要绕道，十分嫌弃的样子。

然而，做了母亲总是有改变，瞒过别人，瞒不过修国妹。小妹的目光柔和了，不像过去，刀子一般。更重要的，母爱使她快乐起来，跟着随身听唱歌，神情怡然。她唱的多是粤语和英语，略微透露一点过往经历的信息。

姐妹单独相向，会讨论孩子的未来。说未来太远大，只是眼下的一日一日，许多问题接踵而至。比如，开口说话怎么叫人？讨论的结果是，叫修国妹"妈妈"，小妹是"小姨"，舟生园生即"哥哥"和"姐姐"，张建设呢，就是"爸爸"。

说到此，小妹严正了脸色，看着姐姐，问出一句话：姐夫知道？

修国妹反问：你说呢？小妹被问倒了，别过脸去。

修国妹想，到底有她难堪的一节。张建设在小妹，至少是一半的父亲，真正的父亲她可是不忌惮的，任着性子坑蒙拐骗。

既然话说到这里，修国妹就建议，等张建设在家，一并谈谈小妹的前途。姐姐说，晓得你在社会上有自己的人脉，但比不上自己家的人，路是窄些，心是诚的！

很少有的，小妹没有回嘴。

这天晚上，将闲人驱出去，三人坐齐了。小妹佯装不在意，其实是有些局促，到家后头一回与姐夫面对面。修国妹和张建设相视一眼，想的是同一件事，终于把这人拿下了。

停了停，张建设哈哈笑起来，修国妹问笑什么呢，张建设说，许多年前，他和小弟小妹三人在蚌埠，正要进酒店，迎头撞上一伙老外，只听对方口口声声的"索来索来"——小妹你还记得？小妹点头，脸色却很茫然，不知道如何说起这事。

张建设接着往下说：以为骂我们挡路，其实呢，是"对不住"的意思！

修国妹倒第一次听说，笑道：要反过来，骂你们当客气话，才尴尬！

可不是，张建设对了小妹，所以，读书少就吃亏。我顶羡慕你们这些受教育的人，我和你姐姐没碰上好时候，只能拼力气！

小妹说：姐夫你可不是靠力气拼的，你有好头脑。

张建设认真道：一个好汉还要三个帮呢，现在有你姐姐，你哥哥，加上你，就满三个了。

修国妹伸手揉小妹一把：听出来吗？有戏！

小妹梗起脖子：还没说完呢，到底谁帮谁！

张建设说：你帮我！

小妹回过去：姐夫就是好汉啰！修国妹在她头顶掴一掌。

张建设宣布：面试通过，聘任法务部主任。

小妹住嘴了，有些惊呆，事情这么简单。

张建设又说：照理和你哥哥平级，但他多做了两年，待遇高你一成，以后看业绩再调。

这两人没回过神来，那边一拍案：散会！

修国妹暗自吐一口气：小妹是个没定性的人，难保她从此安分，但眼下总归有了着落，过一日算一日。好在她有软肋，就是核桃。天下儿女都是父母的软肋，但谁知道小妹是不是天下的人呢？权且当她是吧，就不怕降伏不了。

稍稍定心，却又隐隐有另一种不安，现在，他们全家都拴在一条船上了！可是，这不就是家族企业吗？她对自己说。多少释然了。

小妹上班头一桩事是学开车。修国妹送她去报名、注册、缴费、认师 —— 自己考驾照时候的同一位。原来国企的货卡司机，关停并转后开了一片驾校。那阵子，随着汽车工业勃兴，驾校遍地开花，经过几轮竞争，大浪淘沙，出局了。卖了营业牌照，也不去别处，就在易了主的生意里做教练。老东家给新东家打工，多少是存心，让人不自在。但手艺好呀！他向学员吹牛，当年学车，底盘架起，车轮空转，就是三个月！

看小妹跟了师傅去，那背影是驯服的，驯服得叫人起疑。修国妹骂自己神经过敏，转身坐回车里。返程路上，从三河口作业区绕一下，远远的，只看见一片扬尘，遮暗了日头。与河滩地平行一二里路，才渐渐走出去，回到清朗的天地间。

张建设的事业真的做大了，大到她都不敢看，远超出她的眼界。张建设和她说起生意上的事情，已经听不懂了。但是，放眼望去，哪里不是日新月异？昨天这样，明天就是那样。他们还不算什么，一路下去，皖南、苏北、苏南、浙北、浙西、浦东，可说越演越烈。她都想不起原先的地貌和作物，以及天际线，连同她自己，想起来也是惘然。

顺遂的日子总是过得快，核桃一天一天长大，顶着一头羊毛似的卷发。修国妹极力梳平，紧紧扎两个小辫，沿额角别上一溜发卡。看着她浅褐色的瞳仁，想：这到底是谁啊！

孩子笑得咯咯响，打个鱼挺，险些蹿出去。修国妹感觉到她的力气，暗自说了声：野种！被自己吓住了。

园生的同学来玩，自从有了核桃，那些小女生来得勤多了，争相抱她，十分抢手。小孩子都是人来疯，这一个又格外爱热闹，动静特别大。小姑娘喊她"洋娃娃"，让修国妹听见，心又是怦地一跳，仿佛道破玄机。她对园生说：以后少让同学来。园生问：为什么？

园生近视镜片后面的小细眼，开阔的眉间，鼻翼两侧，哪里都显出宽扁，核桃则是凸凹有致。修国妹认识到不同人种的差异，基本可分作两类，一种平面，一种立体。这是外部，内部呢，就体现在性格上了。落实到园生与核桃，前者和缓，甚至有些怠惰，核桃则是躁急。随着年龄增长，这样的异禀将越发显现。

虽然是"拾"来，为什么别人家拾不来，偏偏是她家？这么想，就钻牛角尖了。但修国妹已经刹不住车，她紧张兮兮，疑窦丛生。先担心帮厨的女人泄漏出去什么，她可是亲眼看见小妹带核桃回来的，第二天找个由头打发了。

再然后，轮到袁燕。燕子这一向回来得不怎么规律，有时候两三个礼拜看不见，又有时，比如近几日，则反过来，天天来，替舟生申请美国大学，帮忙填各种表格。舟生挺喜欢这位舅妈。"舅妈"两个字又让她想到，两人的婚宴拖延下来，始终没办。

这念头闪一下即过去，因有更迫切的事端。核桃的来历连小弟都蒙在鼓里，燕子也从不问，就是这一点让人不安！分明有所察觉，为避免难堪，索性沉默。有谁聪明得过她！

修国妹看着吊灯底下的两个人，埋头在一桌面的表格，偶尔吐几个外国字。

燕子忽抬起头，转向修国妹：姐姐你和我说话吗？

意识到自己出了声，且不知道说的什么，窘极了。遮掩着，起身端茶送到桌上。不料舟生叫起来：拿走拿走，水洒下来了！燕子斥责舟生：怎么和妈妈说话的！

修国妹端回茶杯，生出些妒意，好像儿子归了人家。有了这成见，燕子的嫌疑就更重了。

事实上，燕子不知道是假，不在乎是真。在她这代人，又是出过国，并不以为单亲妈妈稀罕。只是看见全家口风闭得铁紧，才当不知道。

修国妹想到搬家，搬去哪里？芜湖。早几年，舟生在常州读书，为方便接，市区里曾买过一套公寓，基本空关，供公司里人出差时候落脚打尖。事实上，住酒店更便捷，极少用得上。不如出手，添些钱在市郊买一幢别墅。

张建设也赞成，并不因为核桃，核桃算什么事？谁爱嚼舌头谁嚼去。他的心意是在发展。内河里的船家，终年在水网周转，那些无名的支流，纵横交错，汉口套汉口，够几辈人进来出去。倘若天人合一，逢得机缘 —— 他说起那年送小弟上学，在蚌埠淮河大坝的夜晚，星月满天，坝脚下是乌泱泱的黑水，腾腾地奔流。流去哪里？洪泽湖、高邮湖、邵伯湖、邗江，那就是入了经籍的水系，再要天人合一，就到了长江。长江，是一次大机缘，所以叫作"天堑"。不说山海，只说省界：江苏、安徽、江西、湖北、湖南、重庆。沿途又分出干渠，向西有汉江、乌江，向东呢，黄浦江。黄浦江的造化就大了，直向东海……

修国妹听张建设说话，好像第一次认识他，这是谁啊？心这么高，都飞到天上去了！

接着就是找房子。江北新开发的工业园区，房地产跟紧旺起来。大小中介来不及开门店，举着牌子直接站在高架匝道底下。稍流露些意思，立即跨上摩托，引了去看房。

所谓看房，其实看的是工地。打夯机轰隆隆震得耳朵疼，塔吊悬在头顶来往，戴了安全帽，危险地攀爬在没有扶栏的水泥墩。手脚并用登上楼顶平台，直起腰，看见前方白茫茫一条，有汽笛声传来，顿时心情疏朗。

这就是张建设神往的长江，气象宏大，内河不可同日而语。船上长大的人，总是和水亲，此时，仿佛回了家。

她摘下安全帽，风吹乱头发。那风走过远路，将细碎分散的能量收集起来，变得浩荡。可气味是一样的，带着泥土和青苗的气味。

中介的年轻人，穿一身黑西装，脚上的白跑鞋沾了泥灰，顶着蓝黄相间的头盔。这一带，遍地跑着这样的铁骑兵。他不明白这个客户为什么要上房顶，上了就不下来，"阿姨阿姨"地喊她，絮絮叨叨着客厅、卧室、卫浴、前后花园。她一句听不见，满耳都是风声，江鸥的扑翅和鸣叫。

终于，修国妹转过身来，问什么时候交房。犹犹豫豫说了个日子。晓得他也不能做主，便不再为难，说声"好"，探着路下楼。

已经到饭点，工地没有人了，机械停歇，静寂中，好像换了人间。她这才注意四周环境，房屋间距、空地面积，还查看水泥型号、钢筋粗细、地基的深度。小伙就知道不是一般的"阿姨"。本来不指望买卖成交，多少次看房都是没结果，这就叫作概率。不料想"阿姨"要约下定的时间，简直喜出望外，小脸涨得通红。一句话的工夫，万事大吉，铁骑兵跨上摩托，鸟一样飞走了。

修国妹踏着满地的瓦砾沙土，走回自己的车，忽然扑哧笑出来：从什么时候开始的，买房就像买白菜萝卜，提起来就扔进篮子。做梦似的，恍惚里，一个自己看着另一个自己。她坐进车，点火发动，开走了。

　　现在，她要去公寓看看。张建设的意思，卖它不如等着它升值。沿长江一带，前景向好，就这几年，房价翻倍不止。再说，手里的活钱足够全款付清。

　　修国妹倒不因为吝惜钱，只是觉得造孽，心里不安。房子不是白菜萝卜——"白菜萝卜"又来了，自己真是个过时的人！

　　张建设说，他不是钱不当钱，而是看得透钱的物性，其实是个活物，会缩水，会起泡。"通货膨胀""泡沫经济"就是从这里来的，唯有不动产可以和通胀赛跑。这就不是修国妹懂得的了。还是回到具体的现实，那就是，房子要人气顶，一旦空下来，便颓圮了。张建设又和她解释不动产的本质，比如房子，价值主要在地，而不是地上物。水泥、钢筋、砖瓦，要多少有多少，地却只少不多，俗话不是说物以稀为贵？这道理修国妹是懂的，他们水上人家向来对土地怀有崇敬的心。可是转化为"投资""增值"一类的概念，又茫然起来。她务实地想到，这么几处房子，单是收拾都顾不过来呢！张建设没话说了，就是笑。

讨论到这里，决定卖是要卖，但不必急赶着，非抢在买别墅之前。再说，也要等出价合适对不对？

修国妹好久没去公寓了，小区的停车明显多了，甬道上几乎占了一半，余下的勉强容纳两车交会。水池干涸了，露出生锈的喷水眼。树木有日子没打理了，变得凋敝，草坪则裸出褐色的泥土。巡视的保安也看不见了，只有拾荒者在垃圾箱里搜检。零落几处阳台晾晒着衣物，在风中飘荡，原本居家的温馨，反增添了冷清。走进单元门洞，谁家门里传出油锅爆炒的声音和气味，稍许驱散些荒芜。

修国妹家的公寓在顶层，走上去，两边的公寓多是房门紧闭，金属的镂花拉起蛛网。看起来，大部分房屋空关，她不也是吗？业主们，就像张建设说的，是为投资置产。

走到自家门前，掏出钥匙开锁，推门进去，面前陡地大光明，睁不开眼睛。向南一排落地玻璃窗，正对着正午的日头。

在玄关换了鞋，走上晶亮的柚木地板，湖面似的倒映着投影。墙角的沙发蒙了布单子，揭开来，掀起一片细尘，在空中打着细小的旋。餐桌上一层薄灰，抹一把，手上却是干净的，是漆水的反光。卧室拉着双层窗帘，眼前忽然黑下来，适应几分钟，橱柜床具渐渐浮凸轮廓。她摸到壁上的开关，灯亮下生出一点夜色。翠蓝底金银洒花的床罩、踏脚地毯的波斯图案、乳白镶金的梳妆台，荷叶卷边的镜子里的修国妹，又仿佛一个自己看着另一个自己。

赶紧退出去，走到次卧。按惯例设计成儿童房，其实舟生已经是少年了。一应用物全是原木颜色，涂了清漆，透出纹理和疤节，想象中的森林小木屋。她和舟生总起来算，不过住过三五夜，一切都是簇新，真舍不得出手呢！留给园生结婚用？想到这里，都要笑出声来。这园生年纪小不说，还开窍晚，什么时候嫁人？到她嫁人，社会又不知变成什么样。

一个人在房子里穿行，浴室的地砖壁砖三件套，全是白陶瓷，雪洞似的，生冷生冷。打开热水器，放些水，雾气起来，漫出些暖意。厨房是不锈钢主打，散发出兵器的刀光剑影。找到一包方便面，水在锅里沸腾，面块带着调料一并沉下去，辛辣鲜浓的香气顿时弥散开来。

她合上锅盖，又一遍想，房子要人气顶呢！

回去之后，和张建设商量：要不，先住到公寓，慢慢等别墅交房。

张建设说：有这么着急吗？

修国妹说：这核桃见风长，转眼听得懂人话。

张建设笑起来：未必。我看她憨得很，只园生一半，舟生的百分一！

修国妹听他贬核桃不够，顺带把园生也捎带进去，讥诮道：你儿子天下第一！

不是你的儿子吗？张建设反问。

园生不是你女儿？修国妹也反问。

当然，张建设答。静下来，再又缓缓道：女孩子家，笨一点是她的福气。

修国妹说：你指我的吧！

张建设说：你又不笨！

可是我福气好啊！修国妹认真起来，两只杏眼睁得溜圆,看着对面的人。

那人禁不住又笑起来:福气好吗? 好在哪里?

修国妹越发认真:跟了你就是福气!

那人正了神色,肃然道:是我的福气。

说到此处,两人都有些激动,还有些窘,因流露感情感到害羞。夫妻间就是这样,时久天长,越发怯于谈爱。收起话题,两人分头做各自的庶务,搬家的事暂且搁置了。

舟生的事按部就班,先收到学校的录取书,正是小弟和袁燕就读的那一所。然后申请护照签证,租房子,订机票,兑换货币。几乎袁燕一手操办,修国妹只是置办行李。当年小弟出国的携带,也是她收拾打点。那时候,没几家做西装的店铺,都是买的现成,面料也不对,穿起来像乡镇企业老板 —— 他们家可不是乡下人出身的老板? 现在不同了,她带舟生到上海老锦江的礼服店定制,其中有一套燕尾服,却被否了。袁燕说西装其实是商务职员的工作服,燕尾服出席的大场面,别说留学生,一般人都接触不到。舟生不愿要了,修国妹怎么肯由他,母子僵持不下。最后解铃还须系铃人,袁燕发话,说不定呢,导师的生日,婚礼，音乐会，教堂……好，带上黑色三件套，其余留下。

做父亲的，别的没意见，唯有一件，就是鞋，绝不退让。于是，单的，棉的，室内室外，山地雪地，运动休闲，张跃进伸出窟窿的脚指头，是永不泯灭的痛楚。

这些鞋也是袁燕帮着挑的，修国妹装箱打包，不免要想：这鞋里的心结，燕子知道吗？临近出发的日子，袁燕向总公司争取到一项差事，正好与舟生同行，多少缓解旅途上的挂虑。

小弟当年出国是二十五岁，舟生才满十五。修国妹难免要生悔意，可她一己之力怎么挡得住时代潮流？少年人但凡有可能，都往国外读书，赶早不赶晚，原先是读研，后来是本科，中学，小学，更急的，娘肚子里就跑了去，等着落地。

到了机场，她虽不舍，还撑得住。想不到的是张建设，舟生进海关那一刻，竟落泪了。她还没见过他落泪，只见他一手掩面，另一手挥赶着，一迭声地说：快走快走！

看舟生和袁燕前后相跟走向关口，排进出境的长队，不期然间，又一次想到：儿子不是自己的，归了别人。这别人不是那别人，是孩子的舅母，自己的弟媳。可是，真的是吗？她几乎不能肯定了。

小弟和袁燕的事涌上心头，驱散了舟生离开的伤感，但也是折磨人的。正狐疑不安，张建设提出一个建议，这建议从某种方面确定了那两个的事实婚姻。

张建设说：是不是让袁燕的父母搬到芜湖的市区公寓住。

修国妹说：从上海搬到三线城市，人家愿不愿意。

张建设说：上海也分三六九等，他们的房子像个柴棚。

修国妹说：你去过他家啦？

这话出口，两人都吓一跳似的顿住了。停一停，张建设回道：不是听你说的？

修国妹依稀记起自己向家里人描述过那一次造访。张建设解释：公司总部早晚落地沿江城市，袁爸跑业务也方便些。

修国妹不作声了，房子有人住好过无人住，住的又不是外人，是亲家。

不久，袁爸袁妈就搬了过去，上海的房子出租，每月得几百元租金，虽然经济已经不是问题，但这不就是过日子吗？搬家公司的车上卸下的，也是过日子的杂碎。拆下的纱窗，油毛毡，那藤条箱大约是从下乡时候用起的，甚至还有一把生煤炉的蒲扇。连修国妹都觉着多余了，心底又有一点感动。

眼看着公寓被填满，原先的流光溢彩暗淡下来，同时呢，有了烟火气。修国妹和小弟帮忙收拾，中午，袁妈摆了一桌饭菜，有现烧的，也有事先备下的，随车带来，天晓得她是端着一锅鸡汤。

吃饭时，就要提到去美国的袁燕舟生。袁爸问小弟为什么不一起去玩玩，小弟的回答，令在座人很意外。他说：那地方我再不要看它一眼！修国妹这就知道小弟的留学经历并不那么愉快，但他这个人的性格就是无可无不可，要不是袁燕，他是下不了决心回来的。

安顿下袁家父母，姐弟俩驱车返回。先在市中心盘旋，红绿灯闪烁，身前身后车水马龙。小弟说：这和美国有什么两样！好不容易绕到匝道，经环线上了高架，从高楼齐腰处驶过，看得见窗户里昼夜开着的日光灯，人行天桥到了脚底，就这么将城区抛在下面了。小弟又一次说：和美国有什么两样！他变得飞扬，这大约是美国唯一的馈赠，速度。他喜欢驾车，再长的车程也不会生倦。位居技术部主任，本该人家替他开车，可他还替人家开，送这送那。无事的时候，一个人漫游，随机上一个匝口，沿高速而去，去到不知什么地方。反复变道，总能回到出发的地方。

修国妹说：美国总有一点好处吧！他回答：有，高速公路，我们也有了。修国妹就没有话了。姐弟俩向来说得少，做得多，有一颗贴己的心。和小妹正相反，姐妹间来去都在口舌上，却隔着肚肠。

但是说到了汽车，小弟有些停不下来，他接着说：美国人是汽车人——这话怎么说？修国妹不禁也来了兴致，紧着问道。有一回，从芝加哥回学校，下了高速，车忽然熄火了，路边是一座教堂。对了，是个礼拜日，一群教民做完弥撒走出来。

你知道，他对姐姐说：美国人，尤其美国男人，决不能看见一辆车停着不走的。于是，趋向前来，帮着检查，结论是必须送汽修厂。你猜怎么着？修国妹说不知道。大家一起推车走，沿途不断有人参加进来，推了两公里，一直推到地方。两人笑起来，修国妹说：看起来，美国的好处还不少！小弟点头又摇头，不知同意还是不同意。姐弟俩难得这么畅快地聊天，所以都很快乐。

汽车走在高速公路，飞越过无数河流：襄河、沙河、女沙河、池河、小溪河、沫河……从半空中往下看，它们变得多么小。船呢，玩意儿似的，里面的人在过家家，有爸爸妈妈，兄弟姐妹，摆桌吃饭，安床睡觉。她就是在这片水域里出生长大，昼行夜泊，想起来就像上辈子的事，其实呢，不过十数年的工夫！不要说他们姐弟，连舟生，不也是叫舟生吗？现在，舟生去到美国，那个公路和汽车的国家。

小弟的话匣子打开了：在我看起来，世界上所有人，不论男女老幼，就分两类。一类喜欢美国，我就叫他们"新人类"，一类不喜欢美国，叫"旧人类"。

修国妹觉得这说法很有趣，有意探讨：比如——

小弟说：我和你是旧人类，小妹新人类。

修国妹说：小妹并没有去过美国。

小弟说：不论去没去过的！

修国妹接着问：舟生呢？

小弟说：舟生还小，没定性，显不出来，好比初生的鸡雏，不辨雌雄。

修国妹大笑，想不到小弟也是风趣的。笑过了，问出一句心存很久的话：袁燕属哪一种人类？

小弟没有立刻回答，方才的活泼收起了，正色道：我倒没有把她归进去呢！

后半段路程是在沉默中走完，两人都没再说话。

七

核桃一岁半的时候，新别墅交付了。围绕她的闲话，早平息下来。坊间自有一种吸纳异质的能力，尤其小孩子最没成见。外边人看着稀罕，叫一声"小外国人"，四周的小朋友就一迭声喊起来：中国人，中国人！但搬家已成定势。不只为核桃，张建设的拆船公司也在芜湖市里租下几层写字楼，供企划、法务、销售几个部门办公。小妹搬过去，小弟留在三河不动。园生还有半年高中，不愿意中途转学，也不动。

修国妹到乡下动员爹妈搬进城，生活便利，又好照顾小的。前一条理由不被认可，后一条很有说服力，就依了。修国妹想把小院退给村委，书记大伯说不容易得来，手续都全了，不定哪天用得上。就暂且就托大伯看管，收下一季瓜菜，满满塞了两辆车，一并开进城里老别墅。原先的帮佣打发了，老人家不惯差使人，样样都要自己来，这一桩，就依了他们。隔日，修国妹便和小妹核桃去到芜湖的新别墅。

搬迁的日子里，张跃进转业回来。军队到地方，按规定降半级，在行署教育部门任科长。走的时候一个人，回来一家三口，媳妇是部队驻地的居民，原籍湖南，父母是当年农垦的场工。自己读了师范，子弟小学做老师，如今转到地市中学。

修国妹以为两口子中至少有一个会在自家的企业里谋个要职，有些担心小叔小婶生隙。

张建设沉吟道：美国洛杉矶是高速公路上的城市，以车代步，有不成文的规矩，一家人不乘一辆车！

你的意思是？修国妹问。

鸡蛋不能放一个篮子，就是这个意思。

修国妹释然了些，又好笑道：好像你去过洛杉矶似的！

张建设笑笑。

张跃进的女儿比园生小两岁，初中一年级，沿着哥哥家孩子的起名，叫作疆生。也许水土的关系，长得有几分维吾尔族人的模样，眼睫毛很浓，一双大眼睛，和核桃一起，好像亲姐妹。多少因为这个，修国妹很欢迎她来玩。园生周末过来，阶梯般一溜姑娘，领着上街看电影买东西吃麦当劳，众人眼里一个幸福的母亲。

公司分部开张，凑着十周年的日子，举办庆典。从装修起，张建设就不让去现场，说要给个惊喜。

修国妹按捺不住，开车到写字楼下。玻璃幕墙上张了篷布，透出灯光。后面的车摁着喇叭催促快走。绕个圈回来，还是那样，篷布后面的灯光，汽车喇叭大作。索性放弃探究，只等那一日来临，揭开谜底。再说啦，她也藏着个惊喜呢，看谁的惊喜胜一筹！好像回到小时候，和弟妹玩耍，此刻则带有闺中戏的意思。他们真是配着了，多年夫妻，彼此都无倦意。

这一段时间，又好过又难挨，仿佛出阁前夕，甜蜜的不安。幸亏时不时的打岔，转移些注意力。

舟生回来度圣诞假，修国妹想起小弟留学的时候，家境不像现在，哪里能说回就回？袁燕从上海带来一棵雪松，于是就有了圣诞树。

平安夜，小孩子都来了，除自家的几个，李爱社的一个、海鹰的一个、园生的同学，还有姚老师女儿的孩子，与核桃一般大小。客厅地毯上坐满了，上海的蛋糕点心，铺了一桌。最受欢迎的却是修国妹的麻叶，面皮上撒了芝麻盐，油锅里炸出来，一笸一笸，没个够。吵着要过通宵，未到子时就都睡着了，喊起大的，抱走小的，留宿的留宿，回家的回家，瞬间走空。余下一地糖纸、礼品的包装、圣诞树的彩带挂饰，小孩子的玩具车。修国妹一件件拾起，归置在墙根，免得第二天早上绊了脚。见沙发后面横着一卷包裹，俯身细看，原来是舟生，蒙了沙发上的毛毡。想叫他起来上床睡，又怕扰了觉，就不动他。静夜里，听得见他的鼻息，细细的，小猫似的。这么长大的一个人，还是她的小儿子，骨肉连着骨肉，心连心！

到那日子，修国妹带了袁爸袁妈，踏进大楼，升降机电掣一般，耳边呼呼的风响，停下，开门，站在了中央圆厅。挑空三层，玻璃穹顶上蓝天白云，底下一座平台，停一艘木船，外壳漆水斑驳，挂着几缕水草。走近去，看后舱压着货包，前舱檐下，甲板支着案桌，桌上有酒有菜，人却不知去哪里了。

修国妹想，这情形好生眼熟，分明在哪里见过。视线陡然模糊起来，恍惚间，饭桌边有了两个人，一个是爹，一个张建设，正交接自己的终身大事。她抬手抹一把脸，人不见了，看得更清，那不是从小长大然后出阁走的水上屋吗！她叫一声：张建设！喉头哽住了。

众人都鼓起掌来，穹顶下弹出一串气球，五色缤纷。她给张建设的贺礼在庆典结尾时亮出，是一具船钟。早年张建设从蚌埠旧货市场买来，又从旧船拆下，张建设自己大概都忘了，修国妹却一直收着，几度搬家都留下来了。事先，专去上海找了个亨得利钟表店的老师傅，换了表芯，擦拭一新。这一回，轮到张建设湿了眼眶。

千禧年轰轰烈烈来临，这具有天象意味的转折，落实在修国妹的纪年，那就是核桃四岁；园生升高三，备考大学；舟生呢，在美国提前完成本科学历，去到另一所学校读研；小妹三十七岁，大约因为前一段感情挫折，至今单身未婚；小弟三十九，袁燕三十，保持现状既没有登记，也没有办酒，过着两地通勤的同居生活——修国妹想，如果有了孩子，兴许可推进事态？可是袁燕并没有受孕的迹象。

现在，袁燕来芜湖的时间多了，人家的父母在这里呢！再则，也给公司帮点忙。小弟还是在三河上班，住县城的老别墅，独享爹妈的照顾。没有小妹争宠，也没大姐的管束，倒十分自在。乡下人讲虚岁，三十九当四十，就是半大的生辰，姐夫送他一辆雪铁龙越野车，很中他的心意。一踩油门来了，再一踩走了。到底是和姐姐亲，和老的吃饭穿衣是好的，但是有什么话说呢？

这一段，袁燕替公司争得一个大单，美国军用运输船。张建设很看重这笔生意，倒不是多大的进账，而是意味了开拓海外市场。所以，决定随袁燕同往，亲自谈判。舟生在相邻的大学城，也召过去。已经到了熟悉业务的时候，将来这一切都是他的！再加上小妹，就像多年前，送小弟去省城上大学，小妹非跟着去不可，她总是被外面的世界吸引。不过这回是姐夫主动安排，法务部主任嘛！

三个人走后，家里剩下修国妹和园生核桃，小弟来了，就载上她们兜风，都能开到上海，住个一两夜。核桃骑坐在舅舅的脖颈，园生和修国妹跟在身后，她高出妈妈的头顶了。一行四人走过南京路步行街。江风浩荡，载着万点灯火，一层层过来。核桃挣着下地，在防波堤观景台疯跑，园生前后堵截。两人的衣裙在风中，蝉翼般的透明。

　　修国妹和小弟凭栏望着远处的渡船，亮晶晶的小窗格子里，飘出乐声。他们就像一家人，是的，他们本就是一家人，美国那边的人，也是一家人！

　　修国妹暗暗一惊，想到哪里去了啊！在这璀璨的天地间，人都变得有点不像。小弟的衬衫吹得顺风篷似的，下摆抽出裤腰，她看到一个开始发福的中年人。观景台上人越来越多，大半是游客装束，也有附近的居民，穿着睡衣拖鞋，大小几口，居家的安详平和。这才是一家人呢！修国妹想，胸口怦怦地跳。

　　美国一行人回来了，谈判很成功。张建设什么时候不成功了？因为时差，还有亢奋的情绪，他白天黑夜不能入睡。修国妹凌晨醒来，听客厅里的踱步声，裹件衣服下楼，看张建设在绕圈走路，走得很急。头发洗过，没有梳平，此时娑起来，就像一头困兽。

修国妹叫他，倒把他吓着了。原地一跳，回头看她，眼睛灼亮。她不由也一惊。有几分钟时间，两人屏气站着，仿佛要重新认识。

他舒一口气，她也缓下来，问吃点热乎的怎么样。他先摇头，是觉得不对症。再点头，反正闲着也是闲着。

她转进厨房，点火煮水，打进四个鸡蛋，加两勺白糖，端上桌，他说声谢谢。她笑道：这么客气！

他也笑：美国人的做派，时不时的，谢谢，谢谢，说溜嘴了。到机场踩了老太太的鞋，应该说对不起，出口还是谢谢！

她嗤鼻道：美国真厉害，十来天工夫，就叫人改性情！自觉得出言促狭，便换了话题，问舟生怎么样，能派上用场吗？

张建设的脑袋在碗口上摆了摆：傻！

怎么会！ 修国妹不服。

张建设说：古人有言，橘生淮南则为橘，生于淮北则为枳，就是这个道理。

她不禁好奇了：美国人傻吗？

他又说：我们乡下人也有话，人大愣，狗大呆，包子大了都是菜，说的就是那地场的人！

她紧追着问：到底怎么个傻？

他放下吃空的碗，靠到椅背上，热食使人放松，变得慵懒：就说吃饭，中国餐馆也学洋人。单人单份的客饭，两个美国人，照理各点一种，凑成两个菜式。他们不，面对面，一人一盘红烧肉！

她同意说：是有些愣。

舟生也学得这脑筋 —— 说到这里，张建设又气又笑：燕子带给他几张碟片，我也不懂，什么"重金属"，是他喜欢的。不想就像烫了手似的，说是盗版碟，触犯法律！

修国妹大笑起来，舟生拒绝袁燕的东西，格外让她开心。因笑得太放肆，张建设诧异地看向她，这才止住。

此时，两人之间忽然一阵透亮，窗户纸似的。晨曦照进来，映暗了厅里的灯。修国妹伸开双臂，朝天打个哈欠，起身回房间继续睡觉。

园生高考一日一日临近。她不像哥哥天资聪慧，又是女孩，家人的期望不高。在普通中学读书，没经历压榨式的应试训练。性格散漫自由，其实未必是坏处，但一味进取的社会主流，却不是少年人抵挡得了。

从县中到芜湖高中，学校和学业都是新人新事，需从头来起，大概还和青春期叛逆有关，园生忽变得进取。可基础就是那样，方法也欠科学，周围都是拼搏的人，更上一层楼谈何容易。每逢模拟考排名，或因位置前移兴奋，反之沮丧。

压力刺激内分泌，在她这样丰腴的体质就是肥胖。于是又多了一个问题，每天都要过磅，减则喜，增则恼。她迁怒母亲的基因，为什么非遗传给她，哥哥却继承父亲。

继而是，哥哥上重点中学，自己没有。事情迅速演变成分配不公，性别歧视，不是吗？妈妈总是说，没关系没关系，上了大专又怎么样？你这话敢对舟生说！园生顶撞道，连"哥哥"的称呼都没有了。近视镜片后面的小细眼鼓着一包泪，更显得肿泡。

做妈的又生气又心疼，又帮不上忙，还着急 —— 她也就敢对母亲无礼，父亲还让她生畏。又暗自庆幸：总算有个怕的人，要不怎么镇得住！

园生的同学也不来玩了，修国妹以为只是功课的紧张，后来发现她们已经变成竞争对手。不只是排名先后的追赶，还有信息资源。

有一日，园生在饭桌上——园生很少上桌，都是送到房间里，像五星级酒店，修国妹几乎都见不到她。想舟生住校，独自度过青春期，做父母的倒缺了一课。园生说，班上有个同学的父母够上了题库的关系，得到许多题型，所以步步都能踩到点。修国妹这才知道还有"题库"这东西。

袁燕说：所谓"题型"不过是鸡生蛋蛋生鸡，有迹可循。

园生横过去一眼：哪里都少不了你！

修国妹喝止道：怎么说话的！无意间看见对面的小妹——对了，这是周末，全家人都到齐。核桃在桌肚里钻来钻去，小妹在笑，张建设低头往嘴里划饭，好像没听见。小弟呢？眼睛避开小弟，好像怕着什么。

受了抢白的袁燕，没有回敬，大人不把小人怪的表情，吃完碗里几口，离开了。桌上人似乎都松一口气，重新开始说话。

修国妹发现，屋顶底下，其实弥漫着一股敌意，冲着谁来的？她不想知道。

园生报了几个补习班，有限的课余时间也填满了。难得在家，也锁在房间。

像是佛堂里的闭关 —— 她对核桃说。又赶紧收起，生怕一语成谶，真要做世外人。

核桃懂什么，只知道玩和吃。现在，与她做伴的是疆生，周末和假期，搭小弟或者大工的车过来这边。本是来找园生的，无奈园生不见客，好在有大伯母同核桃。她们三个挺投缘，再加上小弟 —— 家中老小，都叫"小弟"，他一律都应。这样组合，也是一家人。

前面说过，疆生与核桃更像姐妹，但皮肤不同。疆生和园生都是白皙的，核桃呢，越来越显黑，不是严格意义的黑，而是颜色深。

小弟载她们三个，车开得飞快，两个小的尖叫着。修国妹看疆生，好像看到以前的园生，轻松，快乐，而且随和。感叹地想，孩子不长大才好。可是，像小弟这样，永远是个小弟，也不好吧？心事就又起来。

车出了高速匝道，驶在堤上公路，放缓了速度。底下是河道，走着机帆船，远望过去，小小的。两个孩子指点说：看，一个小娃娃！可不，水上漂的，也是整整齐齐的人家。

她想告诉说，她们的爸妈，爸妈的爸妈，再往上去，大约还有曾祖，高祖，就是在那豆荚般的舟船里过活。说出来她们未必相信，就不说了。

车离开河岸，在国道省道盘桓，远兜近绕，就到了老别墅。她时不时过来看一眼，或者自己开车，或就是搭顺风车，像今天这样。

即便这样频繁地来去，仍然吃惊它的变化。原先的花草山石都挖掉了，留下那一池子水，接了皮管作灌溉用。前院栽几棵果树，桃、李、枣、杏，还有一棵无花果，树底下是菜豆架，分在甬道两边。后院砌了双眼土灶，一具柏油桶改制的炭炉，专作熏腊用，屋檐下挂着的腊肠、风鸡、臭鳜鱼，就是产品。白色马赛克贴面已成烟黑。墙脚垒了鸡窝，外形不出乡土风气，功能却十分现代。遥控的自动门，底部也是自动，升高推出，拾蛋和清扫，再收回。显然出自小弟的设计。

走进楼里，底层格局未有大动，因老人腿脚不便，住客餐厅边的保姆房，其实只睡觉用，大多时间在屋外活动。厅里添置一台投影电视，屏幕几乎占一面墙，镇日开着，无人看，但不开却不行。

楼上是小弟的天地。一间主卧，并不睡人，布置成机房的样子，电脑、路由器、扫描打印，一列排开。次卧为音响室，喇叭主机低音炮，航空椅和沙发供听音坐卧，地上还扔了个睡袋。床呢，安在朝北的客房，床上床下齐整干净，竟至于简素。修国妹下意识转头嗅嗅，想要嗅出点什么，什么都没有。

屋顶底下的人各得其所，过得不错。二老壮年便露出端倪的风湿病，如今丝毫不见踪影，腰背直起了，脸面光滑。但是，修国妹却看出一种苍老，潜在于表面的健硕之下。

那是什么状态呢？她在心里问自己。每一回，当她试图开口，话到嘴边总是拐个弯。小弟他 —— 说出半句，便被母亲接过去：好得很，好得很，就是忙，或者，就是懒，怎么办呢？生来享福的命，不像大妹妹你和小妹。说到这里，话头又转了：小妹她也是好命，有人帮衬，你最劳碌！

她瞅见母亲在看核桃，眼光里很奇怪地带着嫌弃。核桃的小手在外婆膝上扶着走过，外婆本能地掸了掸她触碰的地方。他们不是不知道，是不想知道，面对一个新世界，已经放弃了解。

安居的生活其实让人颓唐，吃水上饭的，多少都有五湖四海的气势，现在收敛起来，变得谨慎了。就这样，修国妹放心又不放心地离开，回去自己的家。

高考将至，全城笼罩着紧张的空气。考场附近的道路车辆禁行，酒店客房抢订，为考生住宿和午休。出租车也在抢订，随即就有高考经济出台，住宿餐饮交通一条龙服务。

园生变得暴躁动辄发怒，大家知道她找茬，都绕道走避开。核桃虽小，也觉得出气氛不同平常。仿佛要与这压抑作抵抗，一早起来，走进走出地大声唱歌。园生受了吵扰，冲出房间，一溜烟下楼，揪住核桃劈头盖脑打去。核桃何尝受过这个，惊吓之下，都不知道叫喊。

修国妹听到响动赶来，只见两人脸色大异，一个赤红，一个煞白。先在小的背上拍几掌，吐了几口饭食，嚓嗨出声。转身对付大的，人早跑回房间，将门踢上。修国妹抢进一只脚顶住，硬是推开，园生一头栽倒在床上，大哭。

修国妹反舒了一口气，说：你哭出来倒是好的，憋得死人！屈身坐在床沿，听哭声从强到弱，有声到无声，渐渐变成饮泣。底下的那个被帮佣的女人带走，家里只剩母女俩，终于静下来。

又过了些时间，修国妹说：起来。迟疑一会儿，园生翻身坐起了。两只眼睛肿得像桃，因为哭，也因为失眠。

洗澡去！修国妹又说。园生下了床，不一会儿，浴室开始放水，门缝钻出一缕缕雾气，做母亲的威严也一点点回来了。

这一天，她们没有说话，走个对面也当没看见，侧身让过，陌路人一般，但是一张桌上吃饭了。核桃却是怕了，再不敢大动，速速吃完，下了座，远远站着，用眼睛瞄着这边。

修国妹看她可怜，并不去理睬。人，自小要有个忌惮。园生就缺这个，原先还不敢对她父亲放肆，不知什么时候起的头，也不放在眼里了。

吃过晚饭，修国妹说：园生跟我睡！话出口，心里却是不安，不知道她来不来，要是不来，自己的面子往哪里搁？这一日的规矩也白做了。正上下忐忑，园生竟然推进门来。眼泪都冒上来了：自己的儿女啊！她撑持着，一点不露，不能失了身份。还有，万一哪里做得不妥，人又退回去，简直如履薄冰。

园生将枕头扔在床上，她到底没守住，扯过来，和自己的并拢。园生背对着躺下，她闻到女儿的体味，洗发液浴皂润肤露人工复合的层层香气底下，唯有母亲才觉得到的乳臭。

她极想抚摸这身子，却没胆子，浑身都是刺，青春期的芒刺。

门推开了，探进一个小脑袋，核桃抱着自己的小枕头，挨到床跟前。修国妹刚要伸手，人已经一骨碌上来，滚进腋窝里。

修国妹搂住核桃，另一手试探着伸到那一个的颈下，没有遭到反抗，于是往身边紧一紧。现在，她们母女就又在一起了，跨越青春期。青春期是个什么东西啊！将骨肉生隙，亲人变仇人。核桃打着小呼噜，这孩子倒是心大，不记仇。

她觉得到园生的脉跳，均匀，轻盈，有弹性，骚动的青春也有静谧的时刻。园生动了动，修国妹屏住呼吸，由她翻身，身子贴住身子。

心肝！她又要掉眼泪了。

园生闭着眼睛，问出一句话：她是谁？

修国妹好像被施了定身术，不能自主。停一时，回答道：妹妹。园生不说话了。修国妹又说：小妹妹！

园生的反应则是轻轻的鼻鼾，她睡着了。

修国妹睁着眼睛，暗夜中的房间有些变形。床啊，橱啊，转角柜，窗帘和窗帘盒，壁灯，画的边框，都有些不像，动静也是另一种。白昼里的无声变得有声，这里响一下，那里响一下，好像有什么秘密要说出口，到嘴边又刹住。

清早起来，一切都回到原状。园生备考进入冲刺，校内课程，校外补习，回家再加时，通宵达旦。她长了黑眼圈，体重急剧增加，满脸疙瘩痘，脾气像个火药桶，随时爆炸。但是有那一晚的妥协，修国妹心里有了底，也生出策略，那就是当进即进，当退即退。她想，舟生并没让她受过这些磨折，也正如此，她和女儿更亲。说起来，父母真是贱骨头。

好容易挨到上考场，煎熬中度过三日，园生把课本、教辅、题册，装进一口破缸，拖到院子里，点上一把火。看神情，像是满意的，又像彻底放弃。修国妹不敢问她，她倒自己问上来：你就不想知道我考得怎么样吗？

修国妹以为是找茬，转而想：怕你吗？挑衅道：无所谓！

园生说：你就对舟生有所谓。

修国妹说：也无所谓！

园生说：你像做妈妈的吗？

听嘲笑的口气，知道警报解除，正色道：无论你们长成怎么样的人，都是我的儿女！

园生嗤一下鼻子，表示不相信，走开去了。

修国妹用火钳将飞出来的纸片捡回缸里，灰烬飘起来，仿佛被日头融化，不见了，天特别蓝。

好了，她对自己说：好了，一劫渡过。接下去还会发生什么？天知道。可做人不就是这样，一劫连一劫，渐成正果。

修国妹说要犒劳园生，让她选一个地方旅游。小弟帮着在网上搜索，有各种游学，夏令营，遍及欧美。但想到要去到陌生的地方，结交陌生人，园生就打怵，说要疆生跟她同行。结果是她跟了疆生，去乌鲁木齐的外婆家。

一月以后，两人晒得黑黢黢的回来，录取通知也到了，本市师范历史系的走读生。在园生，无论资质，基础，以及努力程度，都恰如其分，合乎她的天命。不攀上，不伏下，细水长流。园生安静下来，回到原先的平和驯顺。修国妹则多有一重欣喜，那就是女儿不会离开身边，到她看不见的地方。

这边山重水复，柳暗花明，那头张建设的事业则一路勇进。公司如他期望顺长江东去，直抵上海崇明。崇明岛南港与浏河口相望，沿岸一溜滩地，行政区划属江苏省界，许可、注册、地价地税，均按江苏国资辖制，对内陆企业就有多种便利。

张建设占得先机，号下一块地，建了船坞，挂出分公司牌子。于是，往来苏、沪、皖三地，最忙碌紧张时候，连续几周不回家。三河的地方，只做小型船只拆解，机构随之压缩，名义上公司本部，实际已剩空壳，但为享有新区优惠政策，继续保持注册地身份。真正的中心转移至芜湖办公楼，技术部则向沪地延伸。在崇明另立项目开发部，专业性弱化，负责余下零碎的行政庶务。小弟不擅长此项，又乐得清闲，推诿给底下人，就是大工。大工算得上企业的老人，但生性老实，从不曾有僭越的念头，凡事都要请示，找不到张建设就找师娘。修国妹虽然不懂，但喜欢他的笃诚，尽力上通下达，因而多少也知道些三河的前后。

同一地的分公司，当门立着水上人家的旧船，只开幕时一见，之后再没有去过，所以倒是隔膜的。那里由小妹掌管，张建设任命她执行副总裁，代总裁行使职权，直接向他负责。小妹早出晚归，正好错开时辰，核桃差不多把她忘了。难得碰了面，两人像不认识似的。小妹本来最好没有这人，渐渐地，真骗过自己，以为和她没瓜葛。

后来，修国妹想起，觉得是一个征兆，预示变局的开端，那就是，亲的远，疏的近。

这一天，袁爸袁妈上门，修国妹不禁道一声"稀客"！两家有日子没走动了。在修国妹这边，顾虑是袁家住他们的房子，有巡查的误会。那边大约也出于同样的原因，受人恩惠难免瑟缩了。

此时，修国妹一边将客人往里让，一边想着，是为袁燕和小弟的事吗？她注意到，袁爸形容大不同以往，身穿一件休闲西服，褐色的细格子，底下是牛仔裤旅游鞋。袁妈的穿着依然朴素，是雅致的朴素。修国妹不认品牌，却认气度。

两人比初见面时候，年轻至少十岁。神情的改变尤为显著，变得轩昂。带来的礼物一件件摆上茶几，家中老少每人都有，连帮佣的女人都不漏掉。最后，是一串钥匙。修国妹接在手里，又熟悉又陌生。

见她纳闷，袁妈笑道：自己家不认自己门！修国妹这才"哦"一声，明白了，可是 —— 修国妹困惑地看着对方。

袁爸欠起身，拍拍对面人握了钥匙的手。修国妹忽生一个念头：放在过去，他哪里会做这样的举动！

大妹妹，袁爸说 —— 过去他也不曾这么叫过她：大妹妹，谢谢你借我们房子住，住了有十年吧，到了完璧归赵的时候！我们呢，袁爸继续说：在安徽的时间倒比在上海的长，异乡总归不是故乡……她发现袁爸原来很会说话。可是 —— 她狐疑地开口，被截住话头：上海人嘛，还是要回上海！

修国妹模糊想起他们是上海人：没错，当然，上海到底是大上海！

袁爸摇摇手：不，不，大妹妹不要这么说，现在世道变了，就拿你这套别墅比，上海也是少见的。可是，人是有乡愁的！

修国妹又想起袁爸袁妈是知识青年，知识青年就爱这套说辞，不禁微微一笑。这一笑大概透露出些讽意，袁爸脸色沉了沉，靠回沙发，简捷道：我们决定退休，张总奖励一套公寓，给我们做巢。

好一会儿她才意识到"张总"就是张建设。现在喊什么人都是"总"啊"总"的，于是又笑了。那是应该的，修国妹说。

袁妈说话了：世上多少应该最后变成不应该，我们心里有数的！这句话说得通情理。

修国妹说：我们也有数的，袁爸付出许多辛苦！

袁妈说：一家人嘛，也是自己的事业。

"一家人"几个字不知怎么变得刺耳，修国妹不无尖酸地想：这"一家人"是哪"一家人"！

袁家两位仿佛听得见她心里的话，收了口，表情矜持起来。

仿佛耳目去掉一层膜，修国妹清醒地发现，张建设给袁家在上海买房，竟事先未透半点口风。当然，没什么的，房子算个什么事？白菜萝卜似的。

时间在沉静中过去，帮佣的女人过来，凑着修国妹耳畔问客人吃不吃饭。她一惊，原来到饭点了。袁家父母也醒过来，起身告辞。主人只是虚应，并不强留。送到院子外，看二位上车，是一部宾利。

隔了车窗，修国妹突然说：燕子和小弟的事情还是办了好！车里的人石化般停住了。修国妹又说：虽然新风气，不讲究，手续却不能少，生孩子，报户口，读书上学都需要的。

车里人动起来，一个低头摸索安全带的扣，一个抬手调整后视镜。可是修国妹扶着车窗看着呢！实在挨不过，袁妈支吾道：他们不计划要孩子吧！修国妹"哦"了一声。

袁爸转头笑着：形式不重要，有事实就行。说罢，拉上车窗，一溜烟地走了。

修国妹胸口打鼓似的，"事实"两个字也是刺耳的。

吃过饭，核桃午觉，帮佣的女人也歇下了，园生还未下学。一个人坐着，满屋子阳光，明晃晃的。脉跳平缓了，心里清水似的，看得见底。

她起身出门，太阳当头，小虫子画着圈，嗡嗡地响。

篱笆墙上的蔷薇正开到盛时，就是它招来的虫子，想着下年要换一样植种。

到车库开出自己的蓝鸟，上到路面，沿甬道向小区门口去。家家院子绿荫笼罩，鲜花盛开，鸟在枝叶间鸣叫，还有婴儿的啼哭，更加衬托午后的静谧。

车在市区盘旋一阵，犹豫着上了高架。交互穿梭内外环线，再下来，已是城外。从江岸北向，走一段国道，又上匝口，凌空而过。

她一径向前，四下里没有参照物，不知有多么快，只觉得在天上飞。高速公路是另一种水系，通往四面八方，没有到不了的地方。

超车的喇叭声从极远处传来，其实就在咫尺。可不，一眨眼到了跟前，又一眨眼，看不见了。有一阵子，与相邻车道的座驾并齐，看那车轮转成风火圈，摆脱了地心引力。要是看得见自己，也是二郎神一般。

这固体的坚硬的河道，携带一股霸凌之气，穿透空间。这虚无形影其实是假象，它有着高密度的物质集群，否则怎么解释地球悬挂不坠落？或许可以说因为速度，公转和自转的惯性所致，那车轮子都离地三尺！

那么下一个问题来了，推动的手在哪里？你或者回答说，隐匿于肉眼不可见处，世界由多重纬度组成，所以才是高密度嘛！人在维度和维度的缝隙出入，就像子弹在弹道飞行。很可能，世界上所有的生命都寄身于高速。

高速公路是一座多维空间的模型，它将不可视变成可视，就像基因在序列编码中显形。那些速度爱好者，比如小弟，自己都不知道，他们真正的身份，哲学家！将存在的杂碎过滤干净，只剩下本质。

车窗两边是青白的天空，起一点皱褶，是云。移动着的皱褶是飞翔物，拖曳出浅黑的弧线，暗示球状的地形、大气层、万有引力。河道是未经过提炼的原形，高速公路是形而上。前者是感官世界，后者是理性思维。即便如修国妹的具体的人生，在速度里也体会到一种抽象的快意。

她熟练地变道，进出匝口。农田和房屋升起来，又沉下去。天际线忽近到眼前，很快又推远到目力所及之外，只剩一抹烟灰。迷蒙中，仿佛海市蜃楼，依次呈现小小的弧度，是桥，一座，两座，三座。越来越近，看得见桥洞，桥洞里泅泅的，好像要挤破似的。

她终于明白她要去的地方，车滑向匝道。卷扬机的轰鸣替代了高速路面车轮胎的摩擦声，车窗顿时蒙上一层颗粒，听得见沙啦啦的击打。她看见河流，罩在暮色般的粉尘中。车沿河滩缓缓行驶，前后窗变成铅色，视力反而尖锐了。

她看见巨大的吊件在上方移动；焊割的火焰发出白炽的电光，被扬尘洇染成团状；钢缆在机器上打卷，一盘盘的；船板从车顶横过去，构件的格斗里积存了河泥和藻类 —— 她并不后退，反而向前开去。地面凹凸不平，车身颠簸，弹起来，再落下来。有人向她喊话，没有声音。有人挥着安全帽，神情急切。还有人试图拦截，随即闪开。

她怀着一种奇怪的心情，似乎负气，自虐，小孩子的淘气，往作业区深处趋进。吊车笨拙地掉头，显然是要避让她，可比不上她灵活，又有盲区，险些撞上。车身重重地跳一下，几乎倾翻，她硬是顶过去，在交叠的割件上走。最后，停在一架侧舷的纵骨底下，再开不动了。

车窗急叩着，一张变形的脸紧贴玻璃。她认不出是谁，从张阖的嘴形看出，叫的是"师娘"。车门拉开，伸进脑袋，果然是这个人，大工。

　　不由分说，大工解开修国妹的安全带，扶她出来。她挣了一下没挣脱，惊讶大工的力气和倔犟，本以为他是温顺的。大工强使她离开驾驶座，推进后座。自己坐上去，从钢架里倒出来，掉头转弯，摸索着轮下的路径。

　　一张张粗粝的污脏的脸从两边车窗退去，她想对他们笑，却流出眼泪。她看见后视镜里大工的眼睛，专注地看着前方，知道他也看见自己。她并不遮掩，尽情地哭。

　　作业区越退越远，终至看不见。不知道什么时候，车上了高速，天青日白。

八

这天晚上，张建设回家了，在玄关换鞋。门外檐下的灯从背后照过来，身形动作让人想起他年轻的样子。修国妹想，男人到底不见老啊！

进到厅里，大光明底下，脸面清瘦了，更显年轻。当地站一会儿，有些局促地举步向里走去，经过修国妹身边，手在她肩上按一按，迅速收回，说：洗澡！

等这边回头看，人已经上楼，不见了。

这个澡洗了很长时间，浴室里传出响亮的水声，吸进鼻腔喷出来，在喉头深处激荡，再喷出来。动静很大，不免有些夸张，尤其在修国妹耳朵里，就是做作的。最后，以尿液在马桶陶瓷壁的冲击声结束。

张建设裹着毛巾浴衣出来，一团湿热霎时间涌进卧室。朦胧中，修国妹低头坐在床沿。他绕到里侧，怕惊着她似的，轻了手脚上床。那边的人站起身，他脱口问道：你去哪里？洗澡！修国妹回答。他"哦"一声，挥手道：去吧！有事吗？她问。有什么事？什么事没有！他说，滑到被子底下。

修国妹进了浴室，地砖上一汪汪水，马桶里积了半腰淡黄液体，她嗅了嗅，然后按下扳手。四下里充斥了健硕的男人体味：尿臊、汗臭、脚气、口气，掺和了肥皂、洗发液、沐浴露的人工香精味。是久违的缘故，还是添加了新成分，熟悉里的陌生。

她刷了马桶，拖干地砖，擦拭一遍浴缸、镜子、台盆、淋浴房的玻璃门，用过的毛巾扔进洗衣篮，换上干净的，甚至清洁了壁上的瓷砖、下水口的毛发。浴室里的雾气收敛了，看见镜子里的自己。这是谁啊？

等她洗漱完毕，推开门，以为床上人已经入睡。不料那人一骨碌钻出被子，半坐起来，倒吓一跳。

吵着你了！她说。

哪里？他笑一下，带点讨好的意思：累急了，反而睡不着。看她还站着，拍拍旁边的枕头，示意上床来。她竟窘起来，走近床跟前，推开被子，坐上去，靠了枕头，也半坐着。两人都小心地，不碰到对方。那熟极而生的身体，亲到骨头缝里，才会如此疏远，疏远到来世，三生石上邂逅。

他开口了：忘记和你说，我在上海买一套公寓，给袁家父母，算作退休金吧！

应该的！她说。

要是喜欢，也给你买一套！他说。

她回答：一家人，分什么你的我的！

他听出话里有话，解释说：我的意思，我们也买一套。

她笑起来，他惊诧地转过脸，不知道笑什么。

修国妹止了笑：我们买房子，好像买白菜，你一棵，我一棵，人人都一棵！

他说：置业嘛，不动产最能保值。

修国妹心想，他还是他，脑子转得快，一下子把话引开了。听他继续往下说：通货膨胀是经济发展的动能，不发展不膨胀，不膨胀不发展，发展的红利就用来填补通胀的缺口。所以，发展就是和通胀赛跑，看谁跑过谁！

修国妹说：不发展的人，没有红利吃，却要让通胀缩水财产，不是净吃亏了？

张建设又看她一眼，想她真是没变，聪明，一眼就看得到症结。所以我们是幸运的人，得历史先机，跑在经济运行的轨迹上！他说。

深更半夜，两口子在床上谈经济学，其实有点滑稽，可是总要有点说头，说什么不可以？

说话让他们消除紧张，隔阂打通，仿佛回到过去的日子。那时候，他们无话不谈。

张建设坐直了，说：崇明那地方，就好像去过似的，地土风水人情，都很相近。不看大的，只看小处，有一种草头饼，你知道是什么？苜蓿。他们叫红花草，用来肥田的。捣成浆，和进麦面，揉紧了，拍扁，上笼隔水蒸，吃过吗？都吃过，叫名不同，籽籽松，荒年里的口粮！草木同种同族，地方呢，他们的"堡"，南堡，北堡，固堡；我们叫"铺"，头铺，三铺，十里铺。汉字却是一个，"堡"！

我们省有"三河"，他们有"三江"，这样就明白了，因为水的缘故，我们这些人，就认水！东南西北，江河湖海，水流到处，就是我们的家！

修国妹抱膝坐直了，听他说得豪迈，也有些激动，插言道：这就应了山不转水转的古训！

张建设靠回枕上：水是船上人的前缘。

你很会说话！修国妹夸奖，却透出讽意。实不是存心，有些懊恼，想自己为什么总是言不由衷，让彼此扫兴。方才掀起的热情平息了，气氛复又冷淡下来。

伸手关了床头灯，说了声：睡觉！不料也是讥诮的，讥诮"睡觉"两个字里的秘辛。他们早已经没了房事，却还挤在一张床上。

修国妹重又开灯，起身下床，说：我换个房睡。

张建设说：何必。

她说：这样的年纪，应该分房了。

她整了整睡乱的地方，抱起枕头，走去门口。听身后面的人说：无论分不分房，这世上只有你我做夫妻。

修国妹站住脚，拉开的门合上，就好像听另一个自己说话：上海的房子我不要了！

她奇怪怎么把话又扯回买房不买房，可是，话头不就是从房子上扯出来的吗？床上人不作声，她又听见自己的声音：戏文里唱，黄金万两，抵不上真心一个！

床上人说话了，仿佛隔了一条河，从对岸传过来：舟生、园生的份额，一分不会少。

核桃呢？她在河这岸说。

视如己出！对面人说。

话又扯远了，却又是在最最芯子里。修国妹"哦"了一声，接着问出一句：袁燕呢？这个问题其实有些促狭，可一张口，自己蹦了出来。夜色真是可以遮丑，多少不堪的人和事，都浮上水面。

那人回答：一家人何分你我他！

修国妹说：也是，小弟的媳妇嘛！

张建设想起结婚前，在县城百货大楼和女店员对嘴，唇枪舌剑，不减当年啊！愣神的工夫，修国妹早推门走出去。

天亮起床，张建设已经走了。仿佛有意让修国妹清静，一段日子里，小弟不来，小妹不来，袁爸袁妈迁走，她搬进公寓，单立门户，袁燕也不来。再过一段，似乎觉得修国妹养息好了，小弟来了，小妹来了，袁燕重新走动起来。

甚至，张建设回家也比之前频繁，隔三岔五的，出现在玄关，弯腰换鞋，手指头勾着的小黑皮包，一晃一晃进来了。

年节时候，爹妈上来，偶尔地，袁爸袁妈也到场，热腾腾吃一餐饭，再各自上路。汽车在院子外面打火发动，错开让过，互相道"再见"。喧哗平息，静谧像夜雾般漫起。修国妹立在门廊的罩子灯下，一边是园生，一边核桃。

园生长成清秀的少女，核桃则应了跟谁像谁的说法，胎里带来的种气化去了，剩下一点遗韵，正够长成个漂亮的小孩。正是粘人的时候，须臾不离，腻着修国妹，倒让她喜欢。按乡下习俗，是做祖母的年纪了。

尘埃落定，生活回到或者说重启常态。园生高考及第，大学的课业总是舒缓的，成绩并非硬指标，随竞争压力解除。园生回到原先散淡的性子，人际关系中颇受欢迎，又增添自信。看她恬静的样子，想不到曾经发生过惊涛骇浪的一幕，即便发生过，也安全着陆了。

接下来，核桃临到就学，已经在本校区注册报名，新书包也买来了。小妹忽然来家，要让核桃进上海国际学校。修国妹看着小妹，不晓得又是哪一出，"国际"两个字，却引起她的注意，有一些隐匿的怀疑涌上心来。

为什么？她问。

她以后总是要出去的，舟生不也出去了吗？小妹回答，挑衅地望着大姐。

大姐说：费用很高，从现在起算，都够打个金人！

钱不是问题，张建设缺钱吗？小妹笑道。

修国妹觉出明显的敌意，屋里没有别人，只她们姐妹，小妹恨她！

这么小的人去寄宿不成？她连鞋带都不会系。此言既出，不由自问：怎么会这样？我们家的孩子都要人帮系鞋带了！

小妹说：当然不会寄宿，我们搬去上海住，张建设给我买房了。

修国妹忽然发现，小妹不称"姐夫"，直呼"张建设"。

当然，对他们从来"大妹妹""小弟"地乱叫，谁也不曾计较，可张建设到底是外亲！

修国妹心思全在称谓上，似乎没有听见买房的消息。小妹见她神情恍惚，终是顾虑的，收敛了气势，放低声说：我带核桃在上海，周末来看你。

修国妹糊涂中有一丝清醒：你要认核桃了，很好，很好！

小妹仿佛软弱下来，说：我虚龄四十，不指望婚姻成家，就母子一起过吧！

这话说得有些凄楚，修国妹看了看她，挑染的头发剪成短式，颈后倒削上去，妆容精致。米白西装下细格子七分裤，赤足穿一双镂空平底鞋，隐隐透出脚指甲油贝壳般的光泽。她还没去上海，已经是个上海人了。

小妹接着说：上海那地方，单身妈妈有的是，谁都不稀奇，还很光荣！表情又昂然起来。

那是！修国妹说。

她那张脸，小妹指指核桃的房间，人在里面午睡呢 —— 她那张脸，藏也藏不住，上海人也认混血！

这是她们之间，第一次说出这个词。修国妹却没注意，只连声应道，是的是的！思路滞后在上一个话题，就是买房的事情。前回买给袁家父母，这回买给小妹，果真是白菜萝卜！她笑着说：你姐夫也问我要不要在上海买房，我说不要。

小妹被打断话头，一时反应不过来。修国妹接着说：我又不是上海人，去那里做什么，你说呢？

小妹忽然发怒了：为什么不要？置产呀，投资呀，房子比货币保值！

修国妹笑道：你和你姐夫说的一样话，谁跟谁学的呀？

小妹说：天下人谁不知道，常识嘛，有什么学不学？

修国妹说：我也有常识，听说过吗？家有千千屋，日卧三尺。

小妹点头：你的常识很好，我们比不上你。

修国妹追一句：你说的"我们"是谁和谁？

小妹语塞，即刻回一句：所有人和所有人！

姐妹俩你看我，我看你，静了一会儿，小妹脸上露出狡黠的笑容：大姐 —— 修国妹想，叫她"大姐"呢，凡叫

"大姐"的时候，都没好事情。大姐，我和你说，张建设是个人物，你不看紧，我就拿下了，肥水不流外人田！

小妹向来这样说话，不伦不类，不能当真，也不能全当假。所以大姐也笑着：你试试看！

小妹伸出手指点着：你说的，我就不客气了！

大姐说：出水才看两脚泥，我倒要看看你的本事！

姐妹俩斗着嘴，嘻哈里过招，你来我往。

最后，修国妹正色道：有句话，你信也好不信也好，无论走到哪里，世上只有我和他做夫妻！

小妹有点变色，强笑着：肯定？

修国妹也变了颜色：板上钉钉！

小妹要出言，被大姐挡住：我再告诉你，唯有我和他做夫妻，才会有你，有小弟，有爹妈，有众人；我和他这个扣解开，就都散了！

话说到这里，就没前路了，各干各的去。

生活继续，不经意时，修国妹会想：日子怎么过成这样？不容她细究，就有事端来打岔。

乡下规划社会主义新农村，要将宅基地征收，再按份额下划各户，分配新建小区的所得面积。书记大伯专为这事上门，张建设在上海崇明岛，赶不回来，电话里说了话，又嘱咐修国妹，不论大小巨细，全权由书记大伯定夺，再一条就不必交代了，好好招待。

大伯倒不见老，头发推成板寸，衬衫外面套了卡其布马甲，脚上旅游鞋，很显时尚。只是酒量不如先前，烟也差不多戒断，喜欢谈保健的知识，显然上过很多课程。说到兴奋处，便流露昔日领导的气派，让人想起过去的书记伯，同时呢，也意识到那时光一去不返了。继任的村书记是大伯的本家侄孙，还是在族系内的传递，但大伯依然有多项不满。往前溯，涉及分支间的宿怨，当下看，则广泛到政策面，也见出书记伯多少是失意的。

就说"社会主义新农村"，书记伯称作"排屋"——楼上楼下，电灯电话，固然好，"大跃进"时候，大妹妹你还在娘肚子里，就奔着去的。但是，"大跃进"后来不是收势了吗？大食堂紧接着饿肚子，猪呀羊呀，都是长腿的生灵，怎么约束？鸡鸭下的蛋，白花花一河滩，谷囤、石磨、粮种、菜籽，也是一大摊。这才是农民的日子，现在都要重新投胎了。

修国妹说，住进楼，人就不必过去那样劳苦了。大伯摇头不语，显得伤感。修国妹想为大伯解难，主动表态：他们的宅基地本是从村里来，自然回村里去，不能占村民的利益……

书记伯拦下她：大妹妹别骂我倚老卖老，听一句老人言——当年根据土地流转条例，办过手续，合法合规，该是谁就是谁，如今要还回去，真不好归纳。

修国妹说：我依大伯的。

书记伯说：你家这处院子，占地不大，如果置换一室户，不需交补一分钱。补两万元，可得两室户。再加四万，就是三室户。我们农民就这么点房产做保障。钱这东西，就是张纸，二十年前，十元钱可买上好的一担米，如今，两餐饭都不足。房子却是不动产！

修国妹又听见"不动产"这个词，张建设说，小妹说，现在书记伯也说，看来都在进步，就她是个落后人。可不是，所以，我劝大妹妹，还是舍钱得房。

修国妹已经明白书记伯的意思，商量着说：大伯的话很在理，放弃实在可惜，索性要个三室户，还是托给大伯。事实上，这些年都是您照应着，才没有荒废！

书记伯说：我回家和你大娘议议。

修国妹说：我找大娘去，我的意思是，索性过户给大伯家，打理看管也方便，什么时候要用，再还我！

书记伯说：你我之间好说，世人眼里就难了，当成以权谋利，占用宅基地。宅基地可不是玩的，有几个小子，为了它，竟然要把城市户口转回农村呢！

修国妹说：从源头起，我家院子，还是得了大伯的优惠，就算彻底给您，也是物归原主。再说了，大伯您现在卸甲归民，也是一介百姓，有什么以权谋利的嫌疑！看书记伯的神情还是有些犹疑，又补道：张建设就这么说的，不相信，你们通个话！

当下拿起手机，按一串键，交到书记伯手里。两人在电话里说了一阵，只见书记伯眼圈渐渐红起来。关上机，喝了一满杯，什么话没有，欠起身要走。

修国妹哪能让他自己回去，一定要送他。最后那杯喝得急了，有些上头，摇晃着又坐回去。扶了修国妹的胳膊站定，慢慢出了院子，坐进车便盹着了，要不是箍了安全带，前额就要点到膝盖，这才显出老态。

修国妹想，书记伯这样的年纪，至多买些保健品，付点学费，其他有什么开销？还不都为了儿孙！那李爱社在张建设这里占个虚位，晓得是个无底洞，就不敢太纵容，生怕积重难返，拉下饥荒。等于按着他不让作乱，家里人也不能指望太多。据说他媳妇开了个棋牌室，摆十八桌麻将，其中一桌是他专用。另还有两个闺女，嫁的都不怎么样，只够顾自己的。书记伯倘若向张建设开口，定不会遭拒，就是抹不开面子。这一回上门，不知道下多少决心。

车到地方，将人扶出来，送到门外，书记伯都没有虚邀一下，背了身挥挥手，进去了。修国妹掉过车头，过老院子家后窗，听见里面哗哗的洗牌声。再过一个院墙，也是洗牌声，一直响到巷口。拐弯向里，看见河岸，耳边的骨牌声方才清静。

水位低了，堤岸就高起来。播种的季节，对面的田地却没有开犁，芒草长得很高，白蒙蒙的。开出一二里路，没遇着个人，麻将声则又续上了。她觉得气闷，降下车窗，忽嗅到一股气味，来自极遥远的地方，空中传来，又仿佛记忆深处泛起，终于辨认出是酒糟的发酵。

那是她的老家，离此地仅十来里路，却分属两个县境。像她这样的"猫子"，漂流水上，别以为就没有故土观念。他们也是有原乡的，只不过转化成另一种感官的接触，比如嗅觉。那刺鼻的醋酸，就是！

日头底下，烘热的，酒渣里的籼子蒸发出来，醺醺然的，整座城都醉了。载得满满一船，破开水面，走到哪都是它，于是，一条河也醉了。卸去多日之后，舱底刷得发白，睡里梦里还是它。此时此刻，她的车正循它而去。

头顶的高压线纵横交错，轮下是沥青道面，坡岸铺了水泥，所有的弧度都取直，变得坚硬和锐利。

这是一个新世界，只有气味还是老样子。下午三时左右的阳光里，格外旺盛蓬勃，仿佛有形，空气里颤抖的光，书面语叫作"氤氲"，就是它。

路有些不平，车轮轻柔地弹跳，嘚嘚嘚的。正走在两县的过界，常是三不管地段，修得马虎，甚至有几处断头，只得下到村道。庄子空了，房屋的梁架和椽条抽走，门板、窗框、砖瓦也拉走，乡下人就是这样，惜物。

房屋都敞开着，只留个空场。单从空场，也能看出过日子的用心：灶台上的描花，地坪上的水磨石，壁上的瓷砖，窗洞挖成扇形、拱形、六角。

山墙和山墙的夹道，只能一个人侧着身过，仿佛看见打地基时候的争夺，寸土不让。井圈周围的青苔枯死了，一片黑，就知道多久没人打水。树迁走了，剩余几棵病老的残桩，疤眼里却发出新枝，绿汪汪的一丛，有什么用呢？说时迟那时快，推土机轰隆隆开来了。

驶出村落的废墟，上去公路，酒糟的发酵味又来了。方才阻在庄子外头，渗不进来，原来，那庄子还有墙呢！

她想起小时候，听老大们讲古，为防备流寇袭击，凡人集聚的地方都筑墙筑碉楼，铁桶似的箍起来，书上写作"固若金汤"。青壮年轮流守夜望风，稍有动静便烧柴起烟，叫作"烽火台"。在这危险的故事里，小孩子睡着了。

车走在圩上，圩顶的路又宽又平，倘不是那一具闸门，她都认不出来了。这里也有故事，新故事。她出生的那年，洪水泛滥。为保蚌埠，开闸放水，淹了半个县境，所以就叫分洪闸。

前方高楼耸立，和上海有什么两样？她下了高架，开进市区，顺着柏油路直走，很快乱了方向。想看日头，日头挡住了，光从楼缝里透出来。围着楼群绕圈，来到一个圆场，中间是花坛，足有两层楼高，周边辐射出无数纵路。

她放缓车速，沿着环形线走，过一个路口，又过一个路口，不晓得开过几个路口，她已经转晕了。忽然之间，路的尽头，呈现白亮亮的一条，是河！

方向回来了，车却已经过去。绕一圈再来到这里，拐进去。昔日的地形从覆盖物底下升起来，升起来。装了酒糟的拖车咯噔咯噔走在卵石的街路，铁匠铺叮叮当当，大锤跟着小锤，击在砧上，炉火熊熊，火星子四溅。相邻的杂货摊叫卖"拴猪拴羊的链子"，火烧店吆喝的是"天上龙肉地下驴肉"。小男孩的赤脚板噼啪响，抢车上的酒糟、煤块、烟草、豆饼、饴糖……都是送往码头装船的运货。然后是大人的驱赶，鞋底可是比脚板响亮，犀利，而且粗暴。喧哗声起，酒糟味倒散开了，藏到某个秘密洞穴，不见踪迹。

处理好乡下的院子，接下来是芜湖那套公寓。小妹搬去上海，并没有带走核桃。其实也是一时兴起，追逐"单身妈妈"的时尚。事实上，她简直怕核桃。核桃更怕她，怕被带走。小妹来到，核桃就躲。

就读的事情还是按原计划，在家门口的小学。早晨起来，她伏桌吃饭，修国妹坐在身后替她扎小辫。头发硬而且厚，梳子犁地似的扒，拉得脑袋向后仰，眼梢吊到额角。然后，牵着手送去学校，下午时候再牵回来。

有一次接人时候，修国妹被老师请到办公室谈话，因为核桃和班上男生打架，把对方的牙磕掉了。因是乳牙，自己会长出新的，所以惩罚性地赔偿一点，重点在于文明教育。难道是野蛮人吗？

修国妹向老师做了检讨，心中却有几分窃喜，不怕核桃被欺负了。路上问事发缘由，原来那男生带头喊她"小外国人"。修国妹说：这也算不上骂名！

核桃说：你不是不让人叫我这个？

修国妹低头看她，她也正看她。小心眼儿里什么都知道呢！倘要是个笨人还好些，偏巧聪明剔透。俗话说的，头顶心敲，脚底板响，受的磨砺就多了。

近些日子，修国妹变得容易伤感，从老家故城走一趟是这样，想到核桃的未来是这样，去旧公寓收拾善后又是这样——公寓里空空荡荡，看不出有生活过的痕迹，热腾腾的烟火气竟不留一点余烬，说过去就过去。

这年暑假，园生和疆生结伴去美国游学，是舟生替她们在网上报名。两个女孩走后的日子，她在惶遽中度过，以为再也见不到，就像舟生。舟生两年没有踪影，他爸爸，袁燕，还有小妹，走马灯般往那里去。

张建设也叫她去的，她负气说：不去！她变得爱生气了。园生两个回来，没有缓解心情，反是难过，竟然掉了眼泪。

园生跺脚道：你看你！你看你！

她强笑道：我以为你不回来了！

园生说：哪个要在美国！

疆生也说：哪个要在美国！

核桃学舌：哪个要在美国！

生活继续往下过。核桃升二年级，园生毕业，本校的附中做老师，有了追求她的人。男孩子白净脸，瘦高个儿，有些像她小舅，还让她想起，做姑娘的时候，船在叫管镇的地方停靠，柳树林里的少年。多么久远的情景，却仿佛眼前，如今也是个中年人了。

小弟早已脱了年轻时节的形骸，甚至比修国妹还显年纪。三河的作业收尾了。当地环保部门早发出警告，经斡旋收回，再警告，再收回，屡次三番，终因河道淤塞，进不来大船而告结束。

在本地的公司总部关闭，迁移芜湖，与分公司合并。说是合并，其实是收归，上级变下属。办公楼被浙江老板租下，改成洗浴城，也能看出，三河一带已经聚集起商业消费群落。

小弟还住在老别墅里，驱车芜湖上班，顺道就到大姐这里。小妹去了上海，周末也来。张建设两头跑。袁燕从外企辞职，自己注册一家咨询公司，业务涉及风投，小妹告诉修国妹，实是挂在舟生公司底下。

修国妹不听她的，兀自走开去。小妹追着身后喊：你要把你的份额划出来！

她回头说：将来都是舟生的！

舟生自己呢，要，还是不要？似乎是冷淡的。他不回家，似乎在躲。躲什么呢？他们母子真是隔心了。

不只他们母子，她还和所有人都隔着。这家里每个人都比她知道的多，只不和她说，她也不问，知道多有什么益处呢？

即便有些情节在眼前上演，她也抱定不知道。不知道是说好还是没说好，这些人常常从四面八方汇集这里。修国妹说不上欢迎还是不欢迎，有利有弊吧。不来终有些冷清，来呢，热闹是热闹，可却是危险的，随时可能发生不测。你一言我一语，话来话去，渐渐露出机锋，仿佛是隐语和谜语，飞镖似的，从四面八方投射，在空中交互穿行。

先是全方位作战，小妹、小弟、袁燕、园生、张建设——张建设总是最早退出，小弟其次，园生第三，她半懂不懂，搅一阵浑水不得要领，就觉得无趣。

剩下小妹和袁燕，两个人相对而坐，碰杯送盏，谈笑风生。偶尔几句入耳，说的是情，又有几句入耳，就是问生死。这就玄了，前生今世，孽缘、怨偶、恨爱，参禅似的。忽然怒起，杯盘都在桌面跳一跳，砰砰响，然后一个离开，另一个也离开。也不告辞，仿佛屋里的人都不是人。门外相继响起车的引擎声，开走了。

又有时候，可以坐到入夜，只听得开瓶的声音，软木塞子弹飞似的，酒汩汩流进玻璃杯。两个醉醺醺的人，路都走不了直线，总是张建设做代驾。车灯扫过窗户，将房间照得透亮，再收起，寂灭在黑暗里。

年节的家宴，规模就大了。修家二老、袁燕的父母、张建设兄弟一家，最近一次，又添上园生小男友的父母，与张跃进的妻子同行，都是做老师，在中学和幼儿园。职业的缘故吧，显得年轻，仿佛下一辈的人。长的一桌，幼的一桌，修国妹和张建设招待主桌，底下的就是小鬼当家。

就缺舟生一人，修国妹解释说，美国人不过中国年，所以没假期。心里明白，即便有假期，他也不回来。铺张两大桌面，其乐融融，都说老的福气好，小的争气，追根溯源，归结长女婿有为，所以家业两兴。

回应众人称颂，张建设道，自小失怙，和弟弟孤苦相依，所以这一生最重视亲缘。就像树，枝叶茂盛，根才扎得深，根深才能叶茂。现在，又要发新绿——他向园生和小男友点点头：顶有成就感了！

一番话出口，人人感慨，纷纷举杯。尤其小男友的爸妈，自己还是个孩子，现在要做上辈子人了。羞红了脸，接受左一个右一个敬酒。

修国妹往底下一桌看，袁燕低头不语，小妹面露微笑，她都想打她。还好，随座上举杯，呵呵叫起好，修国妹松下一口气。她其实是害怕的。怕什么？不知道。却知道张建设不会让她害怕的事情发生。无论多么复杂的形势，都在他的控制中。就是因为这个，她把自己的命交给他。

辞旧迎新的时刻，安然度过。许多绕不开的关隘，也都一一过去。生活已经上轨道，单凭惯性就足够排除阻力，一往无前。

有这一餐年饭垫底，修国妹变得淡定了。她原本是个镇定自若的人，曾有一度慌神，世事磨炼，又恢复常态，以不变应万变。真是活到老学到老啊！

园生的婚事提上议事日程，也占据她的时间和注意。

自家那套公寓，修国妹曾闪念做园生的婚房，因已挂在中介，这时竟有了下家。不禁有释然的心情。她有点忌讳它呢！小男友家有一处小两居，旧是旧一点，可足够小两口自己住，等有孩子了再换新的不迟。修国妹极力主张他们独立门户，一可以治治园生的懒筋，二是，她对自己都不敢说的，园生还是离开这个家好。才露小荷尖尖角的人生，娇嫩清新，需小心保护。

她越来越喜欢园生的小男友，似乎是将对小弟和舟生的感情寄予他。这个小左撇子，和园生并排坐着吃饭，右手牵左手。他学的物理，子承父业，在中学教书。加上园生，一家都是老师，也叫修国妹喜欢。她读书少，特别崇敬学问，听两个孩子讨论唯物主义唯心主义，高深不可测，忍不住插嘴问这问那。

园生嫌她烦，那孩子则耐心地解释，告诉她两者都是对世界的认识，区别在于，一种是物质性，另一种是精神性。问什么是物质，什么是精神。男孩再解释，物质看得见摸得着，精神则相反，无形无影。

这么说，修国妹有些懂了，"哦"一声走开，生怕自己忒不识相，打扰了二人世界。背过身细想，觉得十分有趣，如要替世间物分类，她当属于唯物主义。因所做的一切，都是以实际为目的：父母、弟妹、儿女，还有丈夫，衣食住行。

但也不尽然，为什么是这些人，而不是别的谁，比如街上过的陌路人？这就要涉及感情。感情这东西看不见摸不着，可是心连心，心不也是无形无影？问题还是那个，为什么对这些人而不是别的人有心？

修国妹思忖良久，得出一个字：命！就是命啊！命又是什么？缘分。前世里的恩怨，这可不更无痕迹了！她难道是唯心主义了吗？

看窗下阳光里一对小儿女，不知道哪一根藤上结出的瓜豆。然后，再结瓜结豆，无形变成有形，无情变成有情，这世界还是物质的！

脑子乱了，却是愉悦的乱，而且轻盈。天地扩得很大，人在其中，都能飞上天。仿佛花木的扬絮，不知道在哪里着床，就有了因缘。

年轻人的爱情简单明了，水到渠成，关系确定即谈婚论嫁。时代也变了，脱跳出俗套，走的新路数。先在民政局登记，然后拍婚纱照，再办喜宴。鲜花搭成拱门，父亲挽着女儿走出，交到新郎手里。

修国妹想幸好不是她送园生，否则不知道哭成什么样子，败大家的兴致。随即想起小弟，就缺这一节，于是断了后续。所以，老人言必称周礼，这礼数实是不能错，就像庄稼必须在季上，否则便没有收成。

园生出嫁，三天后回门，之后就极少见到了。做母亲的骂她没良心，但也高兴小两口和美。家里的情形还是原样，时而只有核桃与她做伴，时而外面住的人陆续到来。

有一回，小妹带了一位先生，说是上海的朋友。那朋友长得人高马大，样貌堂堂，神情举止却不甚相称地有些瑟缩。小妹安顿他落座，手里捧一杯茶，就再没有动弹。看起来是怕小妹，周遭环境也让他生畏。

修国妹见他拘束，要去照应，被小妹喊住：别管他！是自己人的口吻。"朋友"更不知所措，几近惶恐。饭菜上桌，先不敢动筷，然后便只埋头，周围的人和事全不关心。

修国妹纳闷"朋友"的来路，和小妹什么关系，上门有什么事吗？她放弃了追究。现在，家里有一种狡黠的气氛，表面平静，底下暗潮涌动，随时可能兴风作浪。

因为园生不在的缘故吗？年轻人令人生畏，是出于对纯洁青春的忌惮。现在，大家说笑的声音放大了，措词变得露骨。修国妹想，幸亏，幸亏园生出嫁了！

"朋友"渐渐吃足了，放下筷子，抬头看周围，表情茫然。似乎不知道如何来到这个地方，水晶宫似的。惊诧的眼睛，很像袁爸袁妈第一次造访。当然，现在不同了。修国妹相信，他们的家也是水晶宫。饱食让他松弛，脸相和手脚变得有些粗笨，身上西服的化纤面料，口音中的村俚——修国妹已经能够分辨沪语中地区的差异，大约是崇明岛上出身，三十上下的年龄，没经过世事，看不懂晶莹剔透的厅堂里，正发生着的事端。这些体面人却有一股隐晦的粗鄙，和他们乡下人相反，乡下人的粗话里，其实是天真，甚至稚气。

"朋友"坐不住了，在椅上动着身子，要起来又不敢。小妹的手按在他肩膀，时不时拍一下，一下比一下重，仿佛敲打他，又仿佛敲打的不是他，而是另一个，在她眼睛朝向的地方。什么地方？他不敢看。这些人本来是面熟的，职场上一言九鼎,现在脱去躯壳,裸出肉身。说话随便,激烈之处像是有仇;陡然间又成莫逆,亲得不得了;随即翻脸,骂将起来;紧接着哈哈大笑。一个向另一个扔去盘子,那一个接过来扔给第三人。他也被扔到了,手快地接住。这一接,修国妹看出了机灵劲,并不像表面的颟顸。

这阵势把核桃吓住了,钻进修国妹怀里,但很快就乐起来,因为人们都在笑。连大大,她称张建设"大大",也参加了这场扔盘子游戏,就像个杂耍演员,正手接,反手接,转个身接,抬起脚从胯下接。核桃本来是惧他的,可现在一点都不了。大大变得可亲,而且滑稽。核桃尖声叫着,拍手鼓掌。

修国妹握住两只小手,往怀里紧了紧。她的毛茸茸硬扎扎的脑袋,顶着自己的下颏。心想:明天要去理发店,给她做个负离子烫,把卷发拉直了。

修国妹相信凡事都会有个结局,但没有想到是这样的结局。意外发生在崇明作业场,张建设检查工地,上了一部废钢船,两个气割工正在分解舱口围板中块,长四点二米，宽一点二米，高零点八六米，重两吨。

张建设一时技痒，推开其中一名工人，扶着割炬一端操作起来。年轻的日子又回来了，两手空空，但又什么都在一双手上，有的是力气和胆气。那割炬趁手得很，四点二米的割缝里一气走到三米，钻出吊孔，还不歇手，继续切割余下的一点二米。

此时，几米之外地方，一架三吨克灵吊车吊运块件，碰撞到另一件中块，都是一二吨的重量，引起地面震动。张建设的割炬正走到头，看见一片乌云压顶而来，却动弹不得。纳闷想：发生了什么？随即遮蔽在黑暗之中。

2022年4月24日 上海